名人推薦一

# 投注生命寫作的教授

吳志揚

巡視中正大學，是我的運動享受，也是我的職責與習慣。好幾回，在樹海蒼蒼、草浪翻騰的校園內，我遇到了中文系的王瓊玲教授。她推著輪椅，俯身在白髮如銀的老阿母耳朵旁又說又笑的；有時還捧起泥土、拾起落花，讓老阿母嗅一嗅、瞧一瞧。

我靠近了，老阿母認出是我，滿臉燦爛的笑，從輪椅上站了起來：「校長先生！出來運動呀？」老人家雙手握著我，傳來淳樸又厚實的溫暖。

「阿姆！早安！您最近好否？」我用臺語向她請安。

「真好、真好！中正大學人好、空氣清、景色讚，在這種所在讀書、教書，是前世修來的福氣！這攏總是校長您辛辛苦苦付出，所換來的成果喔！」

「是全校老師、學生共同打拼的啦！」我不敢居功，但感謝老人家熱情的鼓勵與讚美。

晨曦燦爛，流金煥彩中，校園的七彩噴泉，真的映射出兩三道彩虹。王教授對我說：「校長！感謝您支持《美人尖》、《梅山春》小說的撰寫及戲劇的演出，讓熱愛文創的師生，有揮灑生命力的空間。」

「應該的、應該的，『文創』一直是中正大學發展重點之一呀！」

我腦海裡浮出民國一百年的校慶時，中正大禮堂演出《美人尖》的盛況，兩千五百多個座位，座無虛席。師生及鄉親們，隨著劇情起伏，又哭又笑的感人場面。而民國一百零三年，即將巡迴臺灣及大陸演出的豫劇《梅山春》，同樣是由王教授的小說〈含笑〉及〈阿惜姨〉所改編，也是取材自鄉土、深入世情、刻畫人性、並追尋生命救贖的藝術結晶。中正大學能贊助文創，讓師生參與重要的藝術活動，是很必要且令人快樂的事。

「校長！有個不情之請，我要同時出版長篇小說《一夜新娘——望風亭傳奇》及短篇散文集《人間小小說》。不知有沒有這個榮幸，請求校長幫我的散文集寫序文？」

我當然很高興的答應了。愛心教學的老師、戮力研究的學者、投注生命寫作的作家，都是大學教育中最需要的良才，更何況，王瓊玲教授一直堅守著這三個崗位，孜孜不倦。

而讀完《人間小小說》之後，我有了更深沉的感動。這些發表在報章雜誌上的散文，早已獲得藝文界的讚賞與肯定。王教授用悲憫的心思創作，用幽默練達的文筆刻畫——情深處，讓人噓唏；意真處，引人低迴；風趣處，不得不捧腹；嘲諷處，又針針見血。

綠意盎然的中正大學，有著蓬蓬勃勃的校園活力，我們很高興擁有認真教學、努力研究的王瓊玲教授；更期待她的小說、散文、戲劇，能為青年學子及社會大眾，拓展更活潑生動、更亮麗深刻的藝文天空。

（本文作者為國立中正大學校長）

名人推薦二

# 慈眼視娑婆

周慧珠

世間猶如萬花筒，生滅苦樂一般多，唯心持平萬般鬆，花開花落雲捲舒。人間苦樂參半，人們卻多是還要以苦為樂，樂受放逸，觸苦則增憂，而致心常忐忑不安，是以喜春悲秋、愛恨情愁編織成樊籠，讓自己閉鎖其中，永無出期。雖則有想奮力脫籠而出的，也常是遍體鱗傷，身心交瘁。是以文學家、藝術家、音樂家，以各自的語言符號淋漓表現眼中世界、心中所感。

瓊玲女史，是深入研究中國古典小說的兩岸知名學者，論著等身；但是，更令人驚豔，且更具社會與生命體察能量的是，除了論述之筆，這些年來，她提起文學的筆，為臺灣近代、現代的社會芸芸眾生作註記，例如：以臺灣中南部梅山地區為背景，寫下小說《美人尖》、《駝背漢與花姑娘》，刻畫、描繪一個時代、環境、社會觀念下的男女苦楚與無奈。如此戲劇般不可思議，卻又是百分百真實的人生寫實，感動讀者，更搬上舞臺，以豫劇於兩岸演出。

除了小說巨構，瓊玲女史也是說故事高手，並勤於小短文書寫，貼心觀照行走世間所遇的每一事件，透過充滿溫暖、慈意的筆，為人捻來一束日光。

多年前，我規畫執行「臺北市高中職生閱讀」活動，邀請專家學者分別到二十餘所高職分享，其中印象最深刻的是，在一所餐飲學校的小小圖書室內，幾個大男孩漫不經心歪坐著；我心中窘然，瓊玲教授卻泰然開始播放她的生活影片，描述自己在社區、城鎮的觀察與互動；不多時，大男孩一個個挺起了腰桿，專心聆聽，會後，更提出困擾自己的生活人際問題。

「人間小小說」是我在《人間福報》規畫的一個開放性小專欄，立意有三：「人間無大事，小小說一說」；「每個事件都如編織小說的線頭，何妨說說解心結」；「來篇小小說說，轉個身氣定神清」。

瓊玲女史慈護，提供精彩佳文，圓滿、成就我的心意。當然，最最重要的是，女史下筆如楊枝淨水，世間大悲大苦大惡，因其慈悲心意而濸然，且看「紅塵悲喜」、「人間赤子」、「戲彩人生」、「天涯遊蹤」、「悠悠情緣」便知。

（本文作者為《人間福報》藝文總監）

## 名人推薦三

# 見證她的成長、見證她的努力、見證她的摯情

賴鎮山

我雖然熱愛文藝，但學的畢竟是理工，瓊玲為何要我為她人生的第一本散文集《人間小小說》寫推薦序？

我猜想，因為——我是她的國中老師，我見證了她的成長、她的努力。

接到散文集初稿，我特地攜往阿里山上，在山明水秀的寧靜中仔細閱讀。品味瓊玲佳作之際，心中也不時湧現多年來我們名為師生、卻親如兄妹的溫馨情誼。

初識瓊玲。她十三歲不到，才就讀國一，與我的親么妹同班，所以，她就成了我另一個小么妹了。

我發現這位活潑可愛的小女生，經常呈現成熟穩重的另一面。詳加觀察之後，慢慢了解她的成長背景：父親飽讀詩書，是被梅山人所尊崇的「公道伯」；母親則是深具傳統美德的賢妻良母。一家過的是克勤克儉的山居耕讀。就是在這樣艱苦而快樂的環境中，培養出瓊玲珍愛人生、力爭上游的奮發精神。後來，她長大了，讀嘉義女中、念東吳大學了。她堅強地走在求學路上，利用寒暑假工讀，當起了公車的車掌小姐，扛起了自己的學費、生活費。

多采多姿的人生歷練，加上兒時甜蜜的山居生活，在瓊玲心中烙印了濃濃的鄉土情懷。多年前，她順應心中翻騰的故鄉呼喚，返回家園，任教於國立中正大學。升上教授之後，更努力創作《美人尖》和《駝背漢與花姑娘》兩部小說，並把版稅全數捐贈給故鄉的文教基金會及愛心行善會，足以證明她一直以梅山的女兒自重、自豪。

還記得瓊玲剛回中正時，我寫信歡迎她，她回信坦言：「到現在還是弄不懂您教的拋物線……」，這種對理科老師的真誠，顯現出她毫不矯情的率真。而「率真」——也是我細讀她的作品後的深刻感覺。

所以，這本《人間小小說》，是瓊玲依著滿懷的摯情，用生花妙筆，行雲流水般地呈現給大家的。她娓娓道出了人生百態與悲歡離合；並且，為時代的推移，寫下了精彩的見證。

瓊玲的小說，結合了傳統戲曲與電影科技，改編成豫劇《美人尖》，國內外公演時，場場爆滿，佳評如湧。之後，更由海峽兩岸合拍成三十五集的電視連續劇，即將盛大上映。而民國一百零三年，臺灣豫劇團的年度新戲《梅山春》，也是由瓊玲所寫的〈含笑〉、〈阿惜姨〉所改編，精彩必可期。因此，她的小說藝術，已獲廣大民眾及學者專家們深深肯定。而瓊玲的散文，除了豐沛的情感之外，也具備了生動的小說敘事效果，幾乎一篇篇都是小故事、一場場都是小戲劇；所有的人物角色，都會在讀者腦海裡，自然又生動地上演起人間的喜怒哀樂、愛恨情仇。

看著瓊玲成長、見證瓊玲的努力，讓身為老師兼兄長的我，感到無限欣慰。這次，她同時出版十二萬字的長篇小說《一夜新娘》以及第一本散文集《人間小小說》，圓了「左右手一起創作」的理想；她又宣佈，除了將版稅捐贈故鄉的文教基金會之外，又自掏腰包，捐出同額款項，給海邊朴子鎮，處境艱辛的「敏道家園」——那是一所極需要大眾愛心的「教養院」；裡面的孩子，往往是早飛或折翼的天使。

瓊玲有一顆悲憫的心，用這顆悲憫的心，她努力寫小說、寫散文，也努力嘗試著要撫平人間的一些傷痕或痛楚。或許她能力有限，但我相信她會一直持續下去的！

加油！「公道伯」的好女兒、梅山的好女兒！

（本文作者為退休教育人員，現為社團法人嘉義市父母成長協會理事長、全國家長團體聯盟常務理事）

序

# 我左右手的夢

曾經，我有個夢——用右手寫小說。

我知道：想要寫出人性的宏遠與幽微，就要品味人世的悲歡、體察生命的哀樂。

曾經，我有個夢——用左手寫散文。

我了解：想要寫出生活的憧憬與點滴，就要直視嚴酷的當下、思索多變的未來。

但是，夢境迢遠，難追難覓，而面對現實的無情、生存的艱辛，我的左手只好先努力去收集文獻；右手則撰寫一篇又一篇的學術論文、研究計畫……甚至，左右手一起來，揮舞在教室內、講臺前，與莘莘學子一起讀《左傳》、論《紅樓夢》、談張愛玲。

沒錯，這段雙手亂舞，舞到面目黧黑、手足胼胝的過程，剛開始是自我逼迫，但到後來卻是心甘情願、滋味甜美。

因為，一個又一個的書中人，讓我開了眼界，長了心眼，體悟到芸芸眾生，無論是位在雲端或身處微賤，只要一息尚存，就不得不翻滾於萬丈紅塵，接受有理的或無情的磨練。而一個又一個可愛又可親的學生，使我在現實的淩厲刀刃上，永遠有美好的驚奇、永遠有純潔的鼓勵。

於是，慢慢的，對於事，我有了拼戰的力量；對於人，則有了纏綿的勇氣。這份「拼戰」與「纏綿」，我一向堅持著、一直享受著，也徹底感恩著！而悠悠淡水河，潺潺清水溪——兩條母親河，滋養著我的生命與筆墨，陪伴我晨興夜寐，不畏孤寂。

終於，今年（二〇一三年），九月的最後一天，我的第三本小說，也是第一部長篇，殺青了。十月十一日，我的散文集也付梓了！

右手寫小說、左手寫散文的美夢，好像快要成真了！

在剛付梓的狂喜、與隨之而來的忐忑不安中，我只能先向所有映照我、疼惜我、鞭策我的人、事、物，致上最大的敬意。

但願——我左右手所寫出來的東西，沒辜負你們的真情、糟蹋你們的厚意！

至於，散文集為何取名為《人間小小說》？

喔！我一向「自我感覺良好」，認為：每一篇都是來自「人間」的「小小說」或「小小說一說」！

哎呀！有些臉紅了，說不清、講不明的，就留給讀者您去感覺吧！

# 人間小小說

·目次·

## 人間赤子

## 戲彩人生



## 天涯遊蹤

## 悠悠情緣

# 紅塵悲喜

# ET！生日快樂

ET！有多久沒為你過生日了？一年？或十二年？

小阿姨我，總是不忍檢視飛逝的流光，因為它看似無情、卻是有情。無情的是：它讓「菡萏香消翠葉殘」，無憂的歲月，就這麼悄悄溜走，任我們拼盡全身筋骨的力氣，也絲毫挽留不住；有情的是：它撫慰了腐心蝕骨的悲慟，讓我們即使尋尋覓覓，努力追想，也宛如風中秋雲，渺渺又茫茫。

是應該為你好好慶祝的，你費了多大的勁，才離開病房？甩掉折磨？不必日日消毒胸口的人工血管，不用注射甚麼「小紅莓」、「大藍莓」的；不必秤吃多少、放多少；不必夜夜用碘酒「坐盆」；不必被數落麻糬不能吃、籃球不能打……康復後，本來就高大英挺的你，一定更瀟灑了。

更何況，戰勝病魔後，天寬地闊任你行。遠離老爸老媽無止境的嘮叨、不甩姊姊無厘頭的要求，以及小阿姨沒人性的控管……躲得遠遠的，你一定輕鬆自在、揚眉偷笑，對不對？

唉！不怪你，陽光下揮汗打球的青年，當然不能體會長輩們終日惶駭的心情。現在，你的病好了，還會怪我們專制霸道嗎？

講到麻糬不能吃、籃球不能打，小阿姨還是要罵你。那次，我們費多大的勁，才讓你排進紅牌醫生的看病名單，你卻偷吃不健康的零嘴、溜去梅山國小操場打球。我氣急敗壞痛罵你，說來好笑，天生愛哭的我，一邊罵、不爭氣的眼淚一邊掉。你看事態嚴重，立刻嬉皮笑臉挨過身，替我「抓龍」搥背：「老人家，別動怒、別動怒，生氣老得快！醜得快！」

可惡的傢伙！當時小阿姨有多老？真的老了，我無兒無女的，你敢撇下我不理嗎？這筆帳我記仇記到現在，只要一走到籃球場或看到麻糬攤，我就生氣，巴不得把你叫回梅山，罰你再多為我「抓龍」幾下才甘心。

有件事一直不忍心讓你知道，我代替你父母送完大紅包，就蹲在醫生家騎樓樑柱旁大哭……聖賢諄諄告誡的話，我們縱然拋得開，也拋不開良心的自責。那份大禮，讓你進得了醫療名單，但必然擠下一名可憐的病患。我們怎能不羞慚？

但是，我們沒有遲疑的時間！也別無選擇的可能！當知道去跪去求去磕頭，都沒有辦法時，這是黑暗中唯一的曙光！

好在曙光破曉了，你得到最好的醫療。在最難挨的歲月裡，蒼白又無聊的病房，雖然到處都是刺鼻的藥味，你幽默體貼的個性，竟然讓白色巨塔照進陽光，滿滿的盛裝了歡笑。

國慶前，我們一家人，在醫院的最高樓，觀看國家生日的薄海騰歡。一陣一陣的火樹銀花，騰空飛起，劃破森森夜空、畫出七彩炫爛，再以最優美的弧線，將晶晶閃閃的殘星，拋墜於漆黑的淡水河……

當時，你不斷驚呼、拍手、握拳、拉弓、喊「耶！」我也發瘋似地大吼大叫……但是，我的心卻拴吊在無光無亮、無邊無際的黑洞，我不知諸神何在？我能向誰祝禱？

……因為，那天下午，醫生告訴我，你可能是全球第八個病例。

「前面七個呢？」我幽幽地問。

「都走了！」醫生用他專業的習慣回答我，不多浪費一個字。

第一次化療前，醫生叮囑你要儲存精子。我陪你去婦產科。你目無尊長地警告我：「阿姨！妳怎麼沒化老妝？別人會誤會妳趕上開學墮胎潮。」我氣得伸手捶你，捶到你哀哀求饒。

「阿姨！告訴妳我最尷尬的兩件事：一是當兵行軍時，老鳥教菜鳥，在鞋底鋪墊衛生棉，可避免腳底紅腫起水泡。我猜拳猜輸了，眾目睽睽下，去向福利社的西施姑娘購買。她丟給我一包，撇著嘴角說：『哼！討好女朋友？買「靠得住」的男人，絕對靠不住！』後來，弟兄們好一陣子喊我『靠不住』。」

我笑得岔氣，問：「另一件糗事呢？」

「就是現在呀！妳看，這麼大的候診室，就我一個大男生，剛剛送病歷的義工，還熱心地問我，是不是掛錯診了？」

我還是湊興微微笑一笑，雖然心底有點抽痛。醫生說，化療及骨髓移植，都會讓造精功能歸零，不可能再生育，所以要未雨綢繆，你才會有這次的難堪。

儲完精子，我帶你去牛排店大吃一頓。你胃口好極了，還告訴我，小小的儲精室，本是替捐贈精子的壯男所設，為了消除緊張，裡面有輕柔的音樂、浪漫的燈光，又有一流的《花花公子》、《閣樓》雜誌，可能是白色巨塔中，唯一「色彩旖旎」的地方。

聽著你的俏皮話，身為長輩，我有點找不到適當的表情，只能再次尷尬地笑笑。你又說：「日後，當我老婆的女孩，就要超級歹命了！」

「為甚麼？」

「哦！我說阿姨呀！沒有知識，也要有常識；沒有常識，也要看看電視！妳不知道，儲精是為了要人工受孕，人工受孕的老婆最可憐，要在家打排卵針，天天打高劑量賀爾蒙，會造成嚴重發胖及水腫，一下子就從窈窕淑女，變成大恐龍；那種針既揉不開又超級痛，常痛到拿針筒的丈夫，哭著求老婆說放棄算了！」

「你會不會也疼老婆，哭著說放棄算了！」

「嗯！不知道耶？或許吧！人世間這麼辛苦，幹嘛強迫不想來的小孩來呢？」

那是我第一次，在你陽光般的眼眸深處，看到片片烏雲！

但是，我確定，像你這樣的男孩，絕絕對對是眷戀人世的。你才剛剛大專畢業、在外島當完兵、受過一年嚴格的職訓、也剛剛分派到不錯的工作。你握緊拳頭正要衝刺事業、你滿懷柔情準備要談戀愛、你打好了藍圖，要結婚、生子、買房子、車子……你有無限的可能、無限的未來。你如火紅的旭日，正要一步步，升上東山……

所以，不管敵人如何凶險！不管前途如何黯淡！我們全家發誓，縱使拼著粉身碎骨，也要把你穩穩留住，留你駐守在我們身邊；留你駐守在你熱愛的世間。雖然，總有那麼一天，我們會分離，但是，不准是現在，不准在你年富力強的二十三四歲。

只是，我們所面對的敵人，真的太突兀、太陌生，直到十多年後的現在，我都還有恍然如夢的錯愕。

那天，你騎機車來找我，帶著你第一份薪水，眉開眼笑的。我請你去北投吃飯、泡溫泉，回程時還買一頂安全帽送你。你搶著要付所有的錢，一副已長大到可以獨當一面，甚至可以照顧阿姨的樣子。

你載我回關渡，姨甥倆，在客廳裡聽莫札特的音樂、啜飲梅山的烏龍茶，談起你出生的那天，正是臺灣光復節。我還只是念國中的笨女孩，留著清湯掛麵的短髮，舉著國旗上街遊行。你老媽——我二姊，忍著陣痛，從計程車車窗探出頭，對著遊行隊伍張望，我舉起國旗大呼大叫，你媽及外婆都看到了，也揮手回應。車子一閃而逝，但這相逢的一幕，卻牢牢地烙印在我心版。況且一兩個小時後，你就被醫生倒提肥嘟嘟的小腿，打起屁股，拉開高亢的嗓門，呱呱出世了。

所以，十七個姪、甥當中，健忘的我，只記得住你的生日，且年年打電話向你恭賀。每年光復節，我心中滿滿都是欣慰，為你、為你辛勤的爹娘、為一手把你帶大的外婆。當時，幸福對我們而言，不只理直氣壯，還理所當然，彷彿輕輕一伸手，就觸摸得到、緊抓得牢。

你離開前，我送至電梯口，你漫不經心地說：「前些日子回高雄家。洗澡時，我摸到手臂肌肉裡，有顆小肉球。醫生說可能是脂肪瘤，替我割除，順便切片做病理化驗。」

「脂肪瘤！沒啥要緊吧？」

「當然，我壯得像頭牛！」

沒錯，你們三姊弟都是外婆帶大的，你真的從小強壯如牛。那顆小東西，成得了啥氣候？你我一點都不在意。

但是，幾天後，醫院傳來晴天霹靂，那顆小東西竟然是核子炸彈——淋巴癌的病變，要你緊急入院詳細檢查。

你不願放棄剛得的工作，決定在臺北就醫。於是，我陪你先去一家教學醫院，抽血、抽骨髓、核磁共振……一連串精細的檢驗後，竟推翻前說，說你得的是血癌。我千驚萬懼，立刻再帶你去第二家教學醫院。檢驗的結果，確定真的是血癌，且是急性骨髓病變的白血病。

我們從萬里晴空，墜入了千年冰窖。

好在，你是好男兒、真鐵漢，你單槍匹馬，揮劍執戈去戰鬥病魔；還時時回頭嬉笑怒罵，向後勤部隊加油打氣。我們深深感染到你的勇敢與決心，於是，也燃起旺盛的鬥志。

第一次化療後，你竟然沒有嚴重的副作用，照吃、照睡、照樣打屁說笑，不但醫生詫異，我們也欣喜若狂。

你悄悄告訴我，除了手臂上的小肉瘤，你臉頰裡原本也長了一小顆。但怕家人擔心，即使醫生問，你也不實說。化療後，完全消失了，現在可以放心說了。但你要我向耶穌、佛祖、阿拉發誓，將此祕密加封密存，免得家人大驚小怪。

總之，你的結論是：「妳們王家姊妹，個個都是膽小鬼、愛哭包，無事化有、小事化大、大事化不可收拾，芝麻綠豆的丁點事，就會嚇成天崩地裂。所以，少說為妙！」

我當然承認我們姊妹的憂心，更了解你的苦心。但是，你的病，可不是「芝麻綠豆的丁點事」呀！

有天，我在病床前陪你吃早餐。你把西點小麵包拿開：「這東西，看了就不舒服，拒吃！」

「少爺！這可是你最愛吃的紅豆小餐包耶！」我兇巴巴地罵。

「昨天早上，我正在吃早點。主治醫生帶實習菜鳥來巡房，他告訴菜鳥說，我胸腔內的東西，才第一次化療，就已經縮小一半多，是難得的好現象。我聽了正高興，但他轉過頭，指著餐盤上的小麵包，對我說：『它原來有這麼大粒！』

我聽後默然，再也嚥不下任何東西。

你看氣氛太凝重，連忙笑著說：「醫生知道我是宇宙無敵、超級勇敢的大猛男，才敢說真話！對別人他哪敢？」

唉！沒錯，他真是個好醫生。孔老夫子說：「能近取譬，可謂仁之方也矣！」他做到了。但是，他也太……太會譬喻了。至今，我還是和你一樣，拒吃這種圓嘟嘟的小東西；甚至，連看都不願再看一眼。

療程進行得很順利，你接著要開刀，去除胸口剩餘的病灶。進開刀房前，你爹、娘、姊、弟及阿姨我，緊張到無法強顏歡笑。你卻摸摸自己化療後的光頭，慢條斯理的用臺語說：「三個小和尚拿著三種法器上街化緣，不小心走進紅燈區，吹嗩吶的先吹：『無——穿——衫——！無——穿——衫——！』；接著，敲板的敲出：『在、啥、位？在、啥、位？』；最後，打鑼的用力敲三下：『靜——靜——看——！』」

笑話一點都不冷，在你唱作俱佳的表演中，我們真的哈哈大笑了。雖然，我瞥見你媽媽，憋了半天的眼淚也借著笑，順勢滑了下來。

你意志力驚人，動了七八個小時的大刀，三天後就離開加護病房，比預期的快好幾天。換病房的那天，正是臺灣光復節，也是你二十三歲的生日。我提著訂製的大蛋糕去祝賀，你看到蛋糕上的題字：「大帥哥、超猛男，生日快樂！」笑得好燦爛、好燦爛，一副當之無愧的臭屁樣。

你的「狐群狗黨」也都來了，個個綽號都稀奇古怪，有「郝柏村」——只因他的眉毛粗黑濃密，像極了那位三軍總頭目；有「擔屎的」——你們調侃他貌似忠厚，卻只有「擔屎不會偷吃」而已；又有「金門的」——他來自金門，兩百公分、一百公斤，可以當臺海屏障……我也第一次知道你的綽號——ET，外星人ET！

我們高唱生日快樂歌，要你吹蠟燭、切蛋糕。我心默祝：「蒼天憐憫、諸神憐憫，讓明年、後年、大後年……年年，我們所鍾愛的ET，都可過生日，健健康康過生日。」

生日後，休養不到一個月，你又要戴盔披甲，上更恐怖的戰場了——照鈷六十。

那天一早，我去接你。你在無菌室中，脫掉所有衣服，做了最徹底的滅菌處理，然後圍著藍色的無菌床單，從頭頂包到腳掌，只露出眼珠子。再用輪椅，推過長長的地下醫療隧道，到隔壁幢的放射密室去治療。

應你的要求，眼鏡消毒過了，你可以戴著。我跟著護士，推著輪椅，走上那條醫療專道。專道寬寬直直的，牆上鑲裝著燈泡，亮白的強光，刺得人精神恍惚。瞬間，我彷彿鑽進了漫無邊際又光怪迷離的太空隧道，一步步踩在虛幻飄緲的時空。我額頭、手心全是汗滴，不是因為你的重量，是我無以名狀的緊張。

你說：「阿姨！我戴眼鏡，就是要看別人被我嚇一大跳的表情。」

我答不出話來，只能低著頭，專心推輪椅。

你又說：「哈！我這樣子，真的跟ET一模一樣了。只差輪椅不能變成腳踏車，也不能踩一踩就飛上天去！」

哦！ET呀！ET！電影中的你，用發光的食指，指向漆黑的外太空，聲聲喊著“Home! Home!”。你回家心切，也終於如願以償離開地球回家去。但是，現實人生中的ET！你可是你媽十月懷胎的心肝寶貝，你家在高雄、在崙背、在梅山，可別飛錯了地方。

高劑量的鈷六十，照你胸口，只照幾十秒；低劑量的放射線，照你全身，則要一個多鐘頭。你戴著專用的耳機，聽張惠妹的歌。在室外等候的我，透過擴音器，聽到你大聲唱著〈姊妹〉、〈Bad Boy〉，我心雖劇痛無比，卻也充滿勇氣與力量：「好孩子，你很努力，我們也會陪你一起努力的。」

先後五六次的放射治療，是外攻；七八次的注射化療，是裡應。裡應外攻最慘烈的時候，你全身的白血球是零，紅血球不到百個。你嘔吐，吐到青綠膽汁都嘔出來；你掉髮，掉到連毛囊都掉光；你嘴破，破到吃不下一口飯。直到不忍心再看你媽陪著絕食，你才用吞的，吞下五六天以來的第一口飯。但吞後，你又開始大吐了……那是一段痛徹心肺的記憶，到現在，我都拒絕再回想、再碰觸！

但是，「千磨萬擊還堅勁，任爾東西南北風」，堅強如你，果然挺過了這一切，再度勇敢地站起身，面對該走的療程。

接下來，是最重要的骨髓移植了。

早在數週前，你的手足至親，都做了配對測試。最後，你那善良的阿姊，最為合適。我們很高興不必外求，你則笑嘻嘻的說：「醫生說，輸進阿姊的骨髓後，我血型就從AB型變成她的A型。那我會不會頭腦也變得憨憨笨笨的，個性也龜龜毛毛起來？」

「會哦！到時候，我的裙子、高跟鞋、化妝品都會借給你，你大可放心吻！」你阿姊恨恨地回擊。

看你們姊弟倆的唇槍舌劍，我和你父母相視一笑。嗯！天可憐見，你和大家的努力，好像一步步都得到好回報。

你又進行一次大化療，徹底殺光了骨髓內所有的造血細胞，再住進無菌的骨髓移植室等候。

愛你的阿姊，則被醫生送進捐髓室，用一臺大得像超級洗衣機的機器，從左手慢慢輸出全身的血，分離出部份骨髓，再由右手一滴滴打血液回體內。我陪著她，她堅強地說：「就這樣呀！沒啥感覺，一點都不可怕。」但天曉得她有多害怕！不但臉色早已發白，前一夜我陪她夜宿醫院，她整夜翻來覆去，找不到周公的任何身影。

骨髓上午捐出，下午輸入。連續三天，我和護士，捧送生命的希望，給無菌室中的你。

「原來脊髓原液是淺鵝黃色！還溫溫熱熱的。」你摸著注射袋中阿姊無私的愛，紅了眼眶：「阿姊，多謝你。」隔著大玻璃，用麥克風，你低聲向阿姊致謝。

超級猛男，你又挺過艱難的一關。克服了骨髓移植後的多樣折磨與排斥，你竟然可以出院了。不只出院，又追到了一名美麗的小護士——香香公主。醫護人員敢喜歡上罹癌的你，對我們來說，等於是吃下了定心丸。

你回高雄調養身體，三不五時，來臺北複檢及約會，都住在我關渡的家。你氣色越來越紅潤；毛囊長出來了，頭髮茂密，跟你愛吃的仙草凍一般黑。每次見面，我們都會用力的擁抱、拍背、大叫。蒼天垂憐、蒼天垂憐！我認定你終於渡過層層難關了。

你帶香香去澎湖旅行，照了許多美麗的相片。你考上了困難的插班考，你要重新回校園讀書……我們全家舉雙手雙腳贊成。經過那麼多的磨難，凡是你想做的任何事，我們都會全力促成。因為，一切得之不易呀！

接下來，你進了臺南的大學，我則當上了世新中文系首屆系主任。我對你放下心，以為一切沒大問題了。所以，我忙著去實現創系的夢想、忙著撰寫國科會、教育部的大型整合計畫。忙呀忙！忙到天昏地暗……忙到你病情告急。

我南下高雄看你，你竟然嘴脣破到支離模糊，比化療時還嚴重。只因對抗骨髓排斥的藥，不能長期服用。但藥一停，被打敗已久的病魔，就狠狠地反撲噬咬。咬得你心膽俱裂，渾身是傷。

我力勸你休學，回臺北醫治。最艱困的仗，我們都打勝了；敵方主將，我們已生擒活捉了；現在，只剩下散兵游勇需要對付。別怕！我們全家挺你，陪你再打一次勝仗，把病魔餘孽徹底殲滅。

你點點頭。

於是，第二場戰爭又開打了，比前一仗更激昂、更慘烈。我們和敵方，互有勝負，演變成了長期的消耗戰。但是，敵人採取的是蠶食鯨吞，外加堅壁清野的陰險戰術，時時猛烈攻擊，讓你高燒四十多度；再發冷顫，凍到照射取暖燈，再加三床棉被都蓋不暖。然而，靠著你堅強的鬥志，還是打得敵軍大幅撤退。但是，他們再使出小人招術，派游擊部隊突擊你、騷擾你，一寸寸、一秒秒耗盡你的體力，把你從七十幾公斤的壯漢，變成四十多公斤的弱男；類固醇不只讓你變成月亮臉、水牛背，又讓你全身關節疼痛，皮膚盡是烏烏瘢瘢……

過年過節，我們恭恭敬敬去送禮。說實話，醫師也卯盡全力救你。我們了無怨言，又心存感激。直到那次過年，他退回了大紅包。我們的心開始往下沉，沉到了無底深淵。雖然，表面上，我們還是強裝鎮定，不敢讓你知道。

後來，香香在護理長、教會媽媽的勸阻下，也靜悄悄地離你而去。此事，我們跟你一樣，痛到心如刀割。但是，將心比心，也不忍苛責。畢竟，不是至親骨肉，就有權利選擇閃避，我們不能置喙。

你的病，我們一直瞞著你年邁的外婆，因為你是她一手帶大，外公又過世不到一年，她怎受得了這一連串的打擊？

但是，她老人家太聰明了，察言觀色之後，不知如何探查到實情。當你爸媽及我都無假可請時，她老人家，毅然決然以近八十的高齡，北上醫院照顧你。

你還是一樣地孝順體貼。我下課後，去看你們，你常半坐半臥說笑話給她聽；撒嬌地央求她老人家去小吃攤，買你最愛吃的粉腸、骨邊肉。小小病房，常有祖孫倆的歡笑聲——雖然，你的笑聲越來越虛弱了。

那一年，你進進出出醫院不計其數。甚至我們已開始計畫要送你去美國醫治。但是，出發前，你卻已早一步擺脫病魔了。

前一天，最親的外婆，可能跟你靈犀相通，竟然在沒人通知的情況下，從梅山飛車北上，堅持陪你渡這最後一關。

廖家、王家及你的狐群狗黨都來了。我們獲准輪流進入加護病房守著你。一聲聲呼喚你，不是要你留下，是要你走得瀟瀟灑灑、無牽無掛。

外婆輕輕撫你面頰，告訴你病好了，全都好了。你從此無疼無痛、無災無難。一切苦厄，你已渡過。人生在世，宛如做夢，放得下，才會走得心安，走得自在。你父母有姊姊、弟弟替你盡孝；外婆身體硬朗，還可安慰你媽媽；小阿姨自會堅強，香香也不必擔心。乖孫子，去吧！這一關，就像入睡睏去一般，沒有艱苦了，再也沒有艱苦了……

你真的聽外婆的話，慢慢闔上雙眼，還浮起淺淺的微笑。我們相約不哭的，儘管肝腸寸斷，也不願哭出聲來。

「阿嬤、廖爸爸、廖媽媽，讓我來替他換衣裳吧！」——是香香，她一直守在病房外，現在卻現身輕聲央求。

眾人退出房，讓她親手為你換上新裝，讓她對你做最深情的告別。而且，至今十多年了，你的香香公主還是未婚……

我扶著你最愛的外婆，目送你搭上專車。外婆吩咐姊弟倆要聲聲呼喚，帶你一路順利地回高雄；又叮嚀專車要在家門口慢慢遶行三圈，千萬不可直接送去殯儀館……白髮蒼蒼的外婆，怕你迷路；她要你回家回得平安順適。

車子開走了，你最愛最親的外婆，才低聲喚了一句：「我的孫呀！」

十多年了，阿姨真的老了，你有看見我故意隱藏的白髮及皺紋嗎？這幾年，阿姨又是太忙，忙著改換跑道、忙著南奔北跑、忙著撰寫升等論文、忙著學生及家人瑣瑣碎碎的雜務……總認為你那麼陽光、那麼替別人著想，你不會怪我沒去高雄看你。所以，今年光復節，我一定要去看你，看你永居的住所，看你周遭的環境，順便送你一個大蛋糕。你一定會高興地露出雪白整齊的牙齒，給阿姨一個大大的擁抱，對不對？狐群狗黨們喊你ET，你真的是從遙遠的外太空，偶然誤落於地球的ET嗎？所以，哄了我們二十幾年後，塵緣已盡，ET就被太空船接回另一個星球的家了。

只是呀！回家後的ET，你千萬不要在浩瀚的宇宙彼端，也用發光的食指，指著地球的方向，聲聲喚著"Home! Home!"

那會讓所有愛你的人心碎的……

ET！生日快樂！

阿姨沒有一天不想念你！

——原載於二〇一〇年一月二十五、二十六日《臺灣時報》

# ET！告訴你一些事

ET！祝賀過你的生日，阿姨仍然有千言萬語想對你訴說。畢竟十多年的歲月，太漫長了；那麼多事擱在心底、忍在嘴邊，也太折磨了。阿姨深怕話匣子一打開，就會像長江大河洩洪一般，關不住、止不了。

但是，你放心，阿姨會儘量節制，儘量用平穩的口氣，不激動、不落淚，娓娓地跟你說一些事。

這些事，可能瑣瑣碎碎，但都是真真實實，圍繞著你發生的；這些人，不管認得或不認得的，全都是疼你、惜你或需要你的。

或許，我是多此一舉。在浩瀚宇宙的彼端，你應該是無所不知的。因為，你已不在，已無所不在！

莽莽穹蒼，悠悠流年，你俯視人世的聚、散、起、落，用靈明澄澈的眼眸；你透視眾生的愛、恨、悲、喜，以無罣無礙的胸懷。你可以倏忽如電、瀟灑如風，再無肉身的束縛、感情的羈絆。所以，對於這些事，你或許會跟阿姨一樣感動，但一定比阿姨超然。對不對？

然而，我還是想對你訴說，不管你是已知或未知。因為阿姨深深眷戀，眷戀那段曾與你一起品茗、聽音樂、聊東說西、談南論北的無憂時光——那一去不返的美好時光。

所以，讓我再泡一壺梅山烏龍、再放一次莫札特的小提琴協奏曲，拉開厚重的窗簾，就著金黃燦爛的夕陽，叨叨絮絮跟你說這些事吧！

你大可嫌我煩、笑我囉唆。但是，現在不說，滾滾紅塵，將會淘盡一切，不管是雲淡風輕或刻骨銘心，無情歲月都會將它磨蝕殆盡，不留絲毫痕跡。

那天，九歲就失去親娘的小表弟，回梅山過暑假。你媽媽撫著他一下子就竄高的頭頂，萬般疼惜地問：「民民！還記得你媽媽嗎？」

小男孩沒回答，或許是太心痛了；或許是剛剛變聲，擠不出合適的嗓調。但是，他毫不遲疑地點點頭。

「要時常想媽媽！不然，你會慢慢忘記她的。」ET 呀！你媽媽的眼眸，飄向遙遙遠遠的天際，沒有淚光，只有隱隱的無奈與悲傷。

你曾笑稱，我們王家姊妹，個個都是膽小鬼、愛哭包。但是，十多年來，你媽媽的眼淚似乎流盡了，天崩地裂的痛楚雖不再，卻拉長轉細，變成鬢角的絲絲白雪，與心頭沉沉墜鎖的滄桑。

世間女子，縱然被命運無情操弄，也會苦苦眷戀著記憶。只因「世事興替終難定，人間壽夭盡無常」。我們摸索於漆黑坎坷的人生路，宛如風中飄旋的秋蓬；我們寄居在蒼蒼茫茫的天地逆旅，也僅僅是漫天洪流中，載沉載浮的飄萍而已。

所以，走過悲歡聚散、經歷死生巨變，人生況味，已非淺嚐。所幸，環顧一切，還剩有幽幽記憶、暖暖人情可憑依、可取暖。

因此，阿姨寫下了前一篇小文章——〈ET！生日快樂〉，儘管是一寸寸、一方方扯裂許久不敢碰觸的傷口。但是，我拼著血淚交迸，也要描繪出你的堅強、記錄下我們的難捨。沒錯！阿姨和你媽媽一樣，捨不得、放不下。我們深深懼怕，只要稍稍一捨念、輕輕一放手，ET你呀！就消失在無垠無盡的時空，真的徹徹底底離開我們了。

你看到了沒？你那些綽號稀奇古怪的「狐群狗黨」——眉毛粗黑濃密，像極了前三軍總頭目的「郝柏村」；貌似忠厚，卻只有「擔屎才不會偷吃」的「擔屎的」；兩百公分、一百公斤，可當臺海屏障的「金門的」……他們和你一起走過青澀的年少、渡過升學的煎熬，也吞嚥過外島兵役的風霜。他們個個有血有淚、有情有義。

每年的五月二十日，藍綠陣營一起發顛發狂的「總統就職紀念日」。他們卻相約來到你高雄的家。大男生說不出甚麼安慰的話，只會安安靜靜地喝茶；或謙恭地向你爸媽報告近況：換工作、談戀愛、結婚、繳貸款、拼房子……他們精壯的身軀，挑起不能旁貸的人生職責；也執行著你曾計畫過，卻永遠來不及實現的生命藍圖。

你父母總是含笑傾聽，時時提出一些建議，彷彿是對著你，說出諄諄的告誡與鼓勵。年復一年，溫暖又悲愴的聚會持續著，他們儘量不提這天是你離去的日子，甚至絕口不談到你。但是，這群大男孩為何而來？我們怎會不知！

尤其，那位比太武山還魁梧壯碩的「金門的」，更讓人銘感五內。病中你曾說，凶神惡煞看到他，就會嚇得屁滾尿流、抱頭鼠竄。只要有他在，你就信心十足、戰力百倍。所以，每次你挖脊椎、大化療、動手術、換骨髓……他都主動來到醫院，不只杵在門口當門神；還負責跑腿當差、搞笑娛友。

甚至，最後的一役，也是他用偉岸的身軀，幫著醫護人員，抬送你上車，調整好你的睡姿，讓你舒舒服服返回高雄。

還有一些人，你雖然來不及認識，他們卻伸出雙手，使盡力氣，想幫阿姨緊緊地拉住你。因為，在最緊急的時候，醫生說你需要大量的血漿，一天至少要輸七八人以上的血，血庫儲血量必然不足。

怎麼辦？阿姨只能跑回任教的世新大學，發出求救訊號。在趙慶河、李筱峰、李立行幾位同事的呼籲下，一天內，就有兩百多位學生簽名排隊，捲起袖子、等候著要輪流捐出熱血。我第一屆中文系的學生，有十八位A型血的，更是一個也沒少。

雖然，他們來不及捐出愛心，你就早一步擺脫了病魔。但這二百多份恩典，我們永生難忘！

五月二十日那天，我站在講臺，正教著古詩〈薤露〉：「薤上露，何易晞！露晞明朝更復落，人死一去何時歸？」突然鼻酸哽咽，說不下去。祕書李立行剛好也衝進教室，告訴我你病危。我用顫抖的手，在黑板寫下：「同學們，請自習，請愛惜大好生命。」接著，轉身飛奔出去。狂亂中，分不清楚東西南北。黃威穎追過來，緊抓我的手臂：「老師，我送妳。」

一路上，我完全癡了傻了。他飛車送我至醫院：「老師！哭出來會好些！會好些！」大個頭的他，常自嘲比打鐵工還粗魯。此時，卻用最柔軟的心，試著呵護他脆弱不堪的老師。

「如果還有明天，你想怎樣裝扮你的臉？如果沒有明天，要怎麼說再見？」——這是歌手薛岳，對人世的訣別歌。有一天，你在病床上哼著、唱著、打著節拍，一派稀鬆平常、漫不經心。我假裝沒聽到、沒感覺，心卻碎裂成千片萬片。

兩年來，你沒在我們面前掉過淚，一滴都沒有……到了要說再見的時候，怎麼阿姨還是這樣軟弱？這樣沒出息？

「人如風後入江雲，情似雨餘黏地絮。」當時，你如江上流雲，隨風飄散，不得駐留；而我們深深的眷愛，則有如雨後柳絮，零亂飄墜，卻是落地纏綿，不休不已……

你學理工的父親，看似最堅強、最理智。你走後半年了，他出差北上，路過那間我們都不忍再望一眼的白色巨塔。他竟然轉身走了進去，一層層一樓樓，慢慢巡行；一句句一聲聲，悄悄呼喚。只因他擔心離開的那天，每個人都心碎狂亂；而你大病初癒，會不會跟不上眾人匆匆的腳步……

那一年的八月八日，他關在房裡，捧著一條領帶，失聲痛哭——那是前一個父親節，你所送的最後一件禮物。

阿姊從小體弱多病，你還常笑她無厘頭及龜毛。但是，捐骨髓給你時，她哪有半點遲疑？

阿弟是老么，從小被大家族捧在手掌心來疼。你生病後，他突然一下子就長大了、懂事了。後來，不管當兵或去澳洲留學，他隨身皮夾裡，永遠放著你笑容燦爛的照片。

他答應外婆，生第二個兒子，會在宗譜上登記給你。他還打算領養兩個弱勢族群的小孩，給受苦的人一些溫暖。只因：「哥哥替我們家頂下所有的劫難，所以，我要回報給別人！」

或許，你真的替廖、王兩家，頂下了所有的劫難。你奶奶八十九歲時，還會要求你弟弟偷買豆花解嘴饞。外婆九十二歲了，幾年前動了脊椎大手術，五天就起身、七天就下床；拄著四腳拐杖，到處走動，鼓勵憂心忡忡的病友。她成了醫生、護士交相讚揚的「模範班長」。

有次到高雄，見你媽用白紙裝訂成簿子，厚厚的好幾冊，上面是娟娟秀秀、工工整整抄寫的《心經》。

ET呀！你生身之母，躬身低眉，一筆一劃，逐字逐句地摹寫，不為別的，只是祈求你真的能「度一切苦厄」、「遠離顛倒夢想」。

你走過人世一遭，打過艱苦的仗，歷遍椎心刺骨的痛。阿姨相信，樂觀善良如你，必已脫離苦集滅道，究竟涅槃，無有恐怖了。

但是，蒼莽人世，真的還有許多苦厄，逼得我們揪心落淚。

好幾年前，你媽下班回家，在巷內遇到數位藍衣白領的慈濟人。他們問起你名字，十萬火急地找你。

誰想像得到？那麼多年過去了，竟然有人需要你捐贈骨髓來救命。

妳媽媽激動到全身發抖，語不成聲地哭說：「對不起！他先走一步，來不及救人了……」

就在那一刻，我們才知道：你高中時，即發下慈心與宏願，隨時準備捐髓給需要你的人。

你真是好孩子，善良又熱情的好孩子。若你還在，健健康康地在，一定會像你阿姊一樣，奉獻自己，給需要你救命的人，不管認識或不認識、不管成功或不成功。

只是，天帝對你、對我們、對慈濟、對那位大失所望的病友，開了一個天大的、殘酷無情的玩笑。

當時年少，阿姨我信筆寫小說、隨心編劇本。握著一枝禿筆，就胡天胡地，主宰起角色的命運來。而今，繁華落盡，銳氣不再，才深刻體會，現實人世的舞臺，任何人都做不了主，只能聽命於操有生殺予奪大權的天帝。

「天地不仁，以萬物為芻狗」；那位讓人敬畏的天帝，更是隱身於幕後，身兼編劇及導演，一味隨興地編、恣意地導。舞臺上，人們再怎麼認真地演，也只像飛東闖西、團團打轉的蜜蜂而已。

你提前退出舞臺，自由了，專橫的天帝再也不能掌控你、支使你。你大可輕輕鬆鬆，揮一揮衣袖，頭也不回的走出劇場。

但是，深情如你，一定也是千般眷戀、萬般不捨。眷戀這繽紛萬變的人世舞臺、不捨那身不由己的臺上親友。

所以，我們寧可相信，我們最愛的ET，時時從無垠無盡的外太空飛來，斂翅棲停在觀眾席上，用一貫熱情晶亮的眼眸，俯視著人世劇場的演出。偶爾，還會瞞過天帝，偷偷地替姊姊、弟弟打打氣；為奶奶、外婆、爸媽及所有親友們祈點福、擋些厄。

ET呀！ET！阿姨堅信：天地不仁，人間有情！你也一樣，對不對？

你雖已不在，卻是已無所不在。在你深情的俯視下，每個愛你的人，都會盡心竭力地扮好舞臺角色、飆出臨場技藝。雖然，我們無權抗告角色不討喜、也不能請求修改劇本。但是，我們卯足了勁，就是要讓每一齣戲，都情深義重，精彩無比。

那時，觀眾席上的你，一定會快樂地驚呼、拍手、握拳、拉弓、喊「耶！」的，對不對？

ＥＴ！生日過後，秋意已濃。人生劇場上，我們會用記憶及思念來取暖。但是，你呢？浩邈的星空、孤獨的世外，會不會也有多厲的秋風？千萬別忘了加件衣服保暖哦！

ＥＴ！我們深深想念你！

——原載於二〇一〇年一月二十七日《臺灣日報》

# 狗兒子住院記

「天呀！王小二怎麼搞成這樣子？妳是很糟糕的主人耶！這幾天，妳一定帶牠出去野，對不對？」

「我天天都嘛帶牠出去野！醫生大人！」

「妳一定讓牠到草地上打滾，對不對？」

「那當然！春天來了，怎麼可以用鍊子拴住牠，既不『狗道』又違反『狗權』。草那麼綠，蝴蝶那麼多！只有沒神經的笨蛋，才會沒感覺。而且，牠跑，我又沒坐著；牠打滾，我也沒站著！」

「妳放任牠去跟野狗玩，對不對？」

「天地良心！我衝過去一把拉開，抱起王小二拔腿就逃。四五隻野狗，對我又追又吠的，差點就被五狗分屍了。我是拼死拼活才逃開兇案現場的。」

「春天是跳蚤、壁蝨繁殖的季節。這傷口，都是妳惹的禍……」

「可是……我們鄉下養的那隻『流氓』，從沒吃過『西莎』、沒進過屋子、也沒、沒、沒洗過澡。不但從沒看過醫生，還會看家、抓耗子。」

「妳家王小二，比不得那隻雞婆的『流氓大亨』。小二歹命，真的是病歪歪的『西施』，是先天不良、後天失調的狗。」

「造口業的人，舌頭會長瘡！牠可是我捧在手裡、窩在心裡的寶貝兒子哪！」

「牠若不是近親繁殖；就是狗爸、狗媽老掉牙時，才生下來的可憐狗！」

「胡說八道！我大學的某位老師，娶了他的親表妹，生了三個孩子，個個都是國立大學的博士。歐陽老爹快七十，才生下宋代文壇盟主歐陽修。我媽四十多、我爹五十多歲才生我，怎樣？我有殘缺或低能嗎？」

「好！好！您是老蚌生的『豬』就是了！」

「啥！你說啥？」

「沒！啥都沒說！此『珠』非彼『豬』是也。對不起，算我說錯話，可以了吧？」

「哼！你從頭到尾，哪句話講對過？」

「抽血檢驗表出來了。哎呀！小二白血球是正常狗的一倍，傷口紅腫成硬塊。不是普通的感染，已惡化成『蜂窩性組織炎』了，要立刻開刀、住院。」

「喔！天呀！這……開刀……住院……」

「先開刀清除傷口，再打點滴注射強力抗生素。」

「是！是！都靠您了！醫師說的都對！」

「天呀！別哭！別哭！沒有立即的危險啦！」

「哦……那就是不久以後有危險了！」

「現在沒那麼嚴重啦！」

「哦……那就是未來會很嚴重了！」

「我輸妳！別哭！別哭！助理！請王小姐去外面坐，拿面紙給她。」

「別！別趕我出去，我要看著牠、守著牠。天呀！好好的、漂漂亮亮的毛，你幹啥剃它？這是啥針？打那麼多，我兒子那麼小，醒不過來怎麼辦？別太粗魯，別割傷牠，千萬別……」

「出去！把她架出去！」

「……」

「小二！媽咪的乖兒呀！弄好了就不痛了，媽咪都站在這兒沒離開，別怕！你麻醉醒來，一睜開眼，就一定可以看到媽咪了。乖……乖乖睡……別怕！」

「拜託！牠麻醉藥全退到完全清醒，也要兩三個鐘頭。現在都晚上九點了，妳總不能站到半夜吧？」

「沒關係！我等！再晚，我都等牠醒來。」

「可是，我們也要關門休息耶！喔……好好！讓妳等就是了，別哭！別淹大水，嚇人哦！」

「天呀！現在才早上七點，殺人放火也不必這麼早，妳想幹嘛？」

「對不起……我……我想看我兒子，六點不到我就在外面等了。拜託啦！行行好，我看一下就走！」

「唉！好吧！真是被妳打敗！妳不會整夜沒睡吧！」

「咦！你怎麼猜對了？三年來，牠都是窩在我身旁睡的，沒有牠，我怎麼睡得著？睡不著，就上火，嘴巴舌頭都破洞了。」

「嘿！不是說造口業的人，舌頭才會長瘡嗎？」

「乖兒，好！好！別叫、別掙扎！媽咪疼！媽咪抱著，緊緊抱著。痛呦！一定痛死你了！媽咪的乖兒，他們壞壞！都是他們壞壞！不理他們，媽咪帶你回家！」

「小姐！偷罵我沒關係，可不能偷帶牠出院，會出狗命的呦！」

「牠會站、會叫，為甚麼要關在鐵籠子裡？你怎麼不自己關關看？看滋味好不好受？放心！我帶牠回家，一定好好照顧，不會有問題的。」

「牠還要繼續觀察及打點滴。妳再不講理，就另請高明去吧！」

「是！是！對不起！我乖，我聽話，醫生永遠是對的。」

「醫師！都已經四天了！我兒子到底甚麼時候才可以出院呀？」

「嘿！妳以為我喜歡留牠呀？誰受得了妳這種狗媽媽呀？半小時打一次電話，一天來七回。我都快瘋了！」

「對不起！人家……人家就是擔心嘛！」

「好吧！看狀況牠也好得差不多了，明天就讓牠回去。唯一的條件，妳今天不要再打電話及探親，好不好？拜託！」

「太好了！謝天、謝地、謝謝醫師大人，我一定乖乖，不再打電話……可是，一整天不許來探親，我會活不下去的！」

「唉！好吧！我就行行好，成全妳們母子吧！來！妳過來！王小二旁邊不是有個大鐵籠嗎？反正空著也是空著。今夜，就讓妳到裡面蹲著，母子倆共享天倫之樂吧！」

——原載於二〇〇九年四月《皇冠月刊》第六六二期

# 兒子！你在哪裡？

「老師！我是佳雯，有急事。回家後無論多晚，一定要打電話給我。」半夜，間關萬里的踏入國門，再聽到這樣的電話錄音，可讓人嚇得睡意全消。莫非我兒子牠右前腳關節的小傷惡化了？小護士藥膏不是一向很靈的嗎？莫非牠水不思、飯不想的等我回來。唉！以牠見人無不搖尾巴的個性，我是在癡心妄想。何況年年出國兩三次，哪一次不是從佳雯手中，接過毛色潤澤、體態健美的牠，再又妒又笑的說：「我看牠寄在妳家，比住在我家自在又幸福」。

「那當然！」佳雯圓圓的臉，漾滿得意的笑：「上自我爺爺，下至小堂弟，哪一個不寵牠。我媽又常燉雞脖子給牠進補，哪像在您家，獨守空屋不打緊，頓頓只能吃噎死人的狗餅乾！」

佳雯責任感超強，她說的大事、急事，往往只是芝麻綠豆一樁。我好整以暇地撥了電話。「老師！對不起，狗狗跑丟了！」電話那頭是佳雯悲切、蒼惶又自責的哭聲。「我堂妹帶牠去狗醫院洗澡，狗醫生沒牽好牠，牠掙脫項圈，一溜煙就上了重陽橋。我們全家三輛摩托車、一輛轎車全出動找牠。四天了，連影子也沒看到。二百多張附相片的尋狗啟事都貼出去了，該找的地方也都找遍了，可是都沒消息。」「老師！對不起！對不起！我該怎麼辦？」

為人師表，要臨危不亂，要處變不驚。我汗涔涔的雙手幾乎握不住聽筒，沙啞的聲音勉強壓住顫抖：「佳雯！別哭，別自責。兩點多了，先去睡吧！我們明天再找，一定找得回來的。」

「我得回來的。我得回來的。」我喃喃自語。用力搓著手、急切切的在屋裡踱步。十一年了，伴我十一年的狗兒子，怎能不找回來？

——回來了！回來了！佳雯全家找到牠平安送回來了。牠用前爪沙沙地摳房門，用頭磞磞頂著推，還是平常吵著要進房吹冷氣的德性。我又驚又喜跳下床，開了門，牠一撲就跳進我懷裡，我一邊尖叫，反射動作緊緊摟住，彎腰護著牠，一個箭步躲到樑柱下……九二一地牛大翻身和無數次的大餘震之前，這隻一向不讓人抱的壞狗狗，都是這樣預先衝進我懷裡，是我最靈敏的「候風地動儀」。而天地變色的大災難中，我們母子倆就是這樣相依捱過的！

咦！怎麼天不搖、地不動？「候風地動儀」為甚麼失靈了？咦！我的壞狗狗怎麼變成一隻貓？瘦得肩胛骨高凸過頭的貓？我驚叫失手，牠跌下，又竄出門去了。這下看清楚了，是我的狗兒子沒錯，我衝下樓又喊又追，牠卻頭也不回拚了命似的跑了。

「兒子！回來！回來！兒子！」我被自己的哭喊聲喚醒。天色灰濛濛的，還沒透亮，我掩面大哭，哭得肝腸寸斷。是牠魂魄來入夢，莫非已遭不測？是我良心不安，莫非自責有段時間沒好好疼牠？

牠最早的名字不叫「兒子」叫「鬼子」。

十一年前，我正從一場不死不活的戀愛中醒來。既沒有刻骨銘心的傷痛，也少了揮別雲彩的瀟灑。搬了新家，既不是逃開傷心地的決絕，也缺乏創建桃花源的勇氣。儘管站上臺講課，為了善盡職責，硬是撐起了生龍活虎的態勢；但是，一下了臺，卻變回百無聊賴的死蛇懶貓。

日子像淡水河的水悠悠地流，我陷入自我懷疑的空茫中。

那天，路過一家寵物店，毫無思緒的佇足觀看。櫥窗內一排排不鏽鋼鐵籠，大大小小的狗兒、貓兒、兔兒，蜷著身子午睡正香，只有一隻白腹黃毛的小狗，對著我又叫又跳，蹬高的後腿還觫觫抖著，由於太興奮了，我還親眼看到牠噴尿。旁邊的老闆鼓起如簧之舌，我甚麼也沒仔細聽，幽幽的看著牠鵝黃的小身軀，尾尖小小一撮黑毛，「好吧！就這一隻吧！」

住在南部的老媽，一聽說我養狗，就狠狠的開罵。她罵我氣管不好，還找個大過敏原進駐新家，以後噴嚏、咳嗽必定終身相隨，趁早認賠了事吧！老媽生性節儉，竟然不心疼七千元，要我狗歸原主，可見慮患之深呀！

小徐是個不折不扣的大男生，卻是我的閨房密友，上帝一個小恍神，誤將女性靈魂的她，錯置在男性的軀體裡。他說：「妳呀！還沒嫁人就先拎個拖油瓶。頭髮剪得短短的、皮膚黑麻麻的，鼻子上架副近視眼鏡，再拴著一條癟三狗散步，像不像沒人要，養狗自娛的老處女？」他語調高亢，活像指甲刮著毛玻璃，嘎嘎地讓人耳膜抽疼。

果然，未見其人，先聞其聲，噴嚏、咳嗽成為我的註冊商標。而牽著小癟三，照照落地玻璃。左看右看，可還真像，像那惡毒的三個字。

不只這樣，牠精力充沛，家裡沒有一隻拖鞋是完好的。我耗費不貲的紅木傢俱，椅腳坑坑疤疤全是牠細尖的齒痕。直到學生教我在椅腳上塗辣椒，才破解這場災厄。但是，牠不整人不罷休，放牠自由，牠卻隨處撒尿，我緊張兮兮的跟在牠屁股後面，拖把、抹布努力侍候。鄰居教我，要聲色俱厲，狠狠的揍牠，牠才會改掉壞習性。牠捱了不少揍，習性卻一點也沒改。

最可恨的，一個月後，商家寄來血統證明書。我才知道牠是血統純正的日本鬼子狗——「柴犬」。我們王家先世是抗日志士，現在不肖子孫竟然養起日本鬼子狗，怎對得起先人、對得起自己？

棄之，不仁；養之，不義；送之，沒人要。三難的情況下，一向有「仇日」情結的我，只好把牠關進狗籠，義務的送送牢飯、放放風，並且惡毒地喊牠「鬼子」、「鬼子」，來消解不孝的罪嫌。

從「鬼子」到「兒子」，有多久？我已不復記憶。

牠漸漸長大了，鐵籠嫌小，只好放出來。奇怪，不亂撒尿了，原來膀胱已發育好了。只吃噎死人的狗餅乾，牠也長得骨肉勻稱、毛色亮麗。為了懲罰日本侵華，每天強拉牠跑五千公尺，沒想到竟讓鬼子狗跑出健壯的四肢、優美的腹線弧度。只要牠往操場一站，昂起頭，高捲翹著的尾巴，絕對不會玷汙「俊美」兩個字。老老少少常圍過來讚嘆：「好漂亮的狗狗！」「妳怎麼養得這麼好呀！」「牠叫甚麼名字呀！」

「嗯……牠叫……，牠叫『皮皮』，因為很皮很皮。」「皮皮」是搪塞別人的名字，關起門，牠還是「鬼子」。

既然引鬼子入室，那敢奢望牠看家！只要有人按門鈴，或在門口走動，牠一定熱烈歡迎、遶室歡呼，強盜小偷來了，也不會有例外。我想牠大概是蘇東坡的信徒，有「上自天子王公、下至販夫走卒，在吾眼中，未有不是之人」的寬闊胸襟吧！但是，牠卻盡忠職守的替對面鄰居看門，一有任何風吹草動，絕對努力吠叫，絲毫不敢懈怠。鄰居郭先生曾一本正經的說：「你們家皮皮的狗糧費用，我們至少要出一半。」我笑著說：「不對，按理要出全部。」

鬼子有數不清的惡習：牠愛翻垃圾筒，叼出一地的垃圾，再撲擊翻滾作戰鬥狀。我鼻子過敏，噴嚏過後，一定涕泗漣漣。而擤過鼻涕的衛生紙，是牠的最愛，非得把它咬成雪花片片不可。牠還有一項噁心的怪癖，只要聽到我動指甲剪的聲音，就會立刻衝了過來，剪下來的碎指甲，不管再細再小，牠都愛若珍饈，嚼得津津有味、嘎嘎作響。有時我懷疑要不要帶牠去看心理醫生。

我說我家的狗，養了兩隻聒噪的鳥當寵物，一直沒人相信。真的，牠的狗餅乾和水盆都放在後陽臺，有兩隻「南蠻鴃舌」叫聲難聽無比的黑鳥，常飛下來啄食。牠靜靜趴著，瞇著眼瞧，輕輕搖著牠美麗的尾巴，彷彿說：「別急！別急！慢慢吃」。黑鳥在牠水盆裡洗澡，牠也不動怒，繼續慈眉善目地搖尾巴。待鳥兒洗完澡，牠會打翻水離開；渴了時，再偷溜進我的浴室喝水，留下一地狗蹄子梅花印；要不，就把鐵碗打得鏗鏗作響，提醒鬼子奴才去為牠添水。

跑五千公尺習慣後，牠就成了可恨的鬧鐘。每天五點半，一定趴在我床邊，用狗爪子不斷撥我，只差沒高喊「起來！起來，時間到了」而已。寫博士論文時，幾乎夜夜熬到兩三點才就寢，但可恨的狗鬧鐘，既不能調時也不能商量，只好五點半帶牠出門轉一圈，再黑著熊貓眼上床補眠。

「兒子」是甚麼時候開始喊牠的，我當然不願記得。是這隻可惡奸詐的鬼子狗，蠶食鯨吞我的愛，讓我恨得牙癢癢，卻又徹徹底底地繳械投降。然而，在朋友面前，我仍然會抬著下巴，朗聲高誦：「我絕不『親日』、『哈日』，養鬼子狗是一場莫名其妙的誤會。」雖然，我心底處，有個小小的聲音告訴我：「是個美麗的誤會」。

老媽對牠早沒甚麼成見。但有次，我失了言，在她面前喊鬼子「兒子」。老媽板起臉來訓我：「狗就是狗，叫甚麼兒子，成何體統？」我咋咋舌，不敢頂嘴。過一會兒，她老人家拿滷排骨餵牠，摸著狗狗的頭，嘟嘟囔囔的說：「可憐！你媽不會做菜，你餐餐吃狗飼料。今天，外婆來了，你可以啃啃肉骨頭了。」

就這樣，狗兒子和我，在萬丈紅塵中，相依為命十一年。人世的風浪、人生的滄桑，我大略嚐遍。捧著兒子的頭喃喃傾訴時，牠似懂非懂的望著我，眼底閃耀的是慧黠或癡魯，隨我怎麼解讀都可以。大概是這樣，每次在創痛後，我都能慢慢復原。

「兒子」堂堂邁入十一歲的高齡，換算成人類的年齡，已是六七十歲的老翁。雖然鬍鬚有幾根白了，但是依然俊美健壯，活力充沛。去年，牠竟在誤觸電扇開關後，學會用腳掌踏開電扇按鈕吹風。我忍不住到處炫耀。篤信佛教的小徐告訴我：「妳要注意哦！有靈性的動物，當牠知道大限將至時，通常會悄悄的離開，找一個安靜的地方往生，不讓主人太傷心。」我斥責他不要胡說八道。私下卻不只一次和狗兒子懇談：「乖兒子，答應媽。要走也要在家裡走，媽一定好好送你。不准離開媽去受苦受難！」

兒子！為何不守信用？咱們母子情緣，十一年就盡了嗎？我淚眼迷濛的請友人開車載我上重陽橋。白灼灼的太陽曬下，整條橋是赤燄燄燃燒的火道。一邊燒往三重、蘆洲，一邊燒往士林、社子。兒子，你跑向何方？你那麼膽小，過年的鞭炮聲，每每嚇得你發抖；這莽莽車流，你怎麼有勇氣穿越？五天了，你找得到水喝嗎？你餓不餓？狗餅乾沒倒在碗裡，你就不吃；耍起脾氣來，還要我捧在手掌中餵你，你怎麼會去和野狗們搶食？這麼熱的天，你找得到屋簷或樹蔭嗎？後天颱風就要登陸了，怎不叫娘心如刀割。

「悲莫悲兮生別離」、「生別長惻惻」，以前總覺得古人誇張，因為生別還不至於絕望；現在才知焦慮、擔憂，是無可抵擋的凌遲。我到處哽咽的問清潔隊員：這幾天有沒有被車撞到的狗狗？跑遍臺北縣市的動物之家，看有沒有柴犬的蹤影。學生們更頂著大太陽，兵分三、四路尋找。可是，茫茫天地，兒子呀！你在哪裡？

第六天了，我仍悽悽惶惶找不到狗兒子，哭腫了眼，也曬傷了皮膚。晚上，精疲力竭的回到家。沒有狗兒子，家已不成家。好友們連哄帶騙又兼罵的勸我節哀，甚至送上小狗狗，以求替代。我搖搖頭，十一年的感情積累，哪替得了、代得過？好友們搬請出我的恩師，責以春秋大義，曉以教改、學術研究重任，甚至花蓮縣縣長補選戰況……，我悲悲切切的說：「我知道大家不忍我難過，但是現在我不可能不難過嘛！」

天快亮了，我還是會去找狗兒子。這篇文章，就算是冗長的尋狗啟事好了。叩請諸位看官注意：敝人的「犬子」，系純種「柴犬」。中型狗。名「鬼子」、號「兒子」、外號「皮皮」。今年十一歲。黃毛白腹、肢體強健，無贅肉、沒老態。膽小、有不良惡習。右前腳關節處有小傷疤，嘴邊幾許白鬚，尾尖一撮黑毛。倘有仁人君子幫忙尋獲，則小女子不只今生盡其所能，來世必定也結草銜環，以報大恩大德。看官呀！求求您，行行好。

後記：這是我發表於報紙的一篇散文，目的是尋找我親愛的狗兒子，然而漫漫多年過了，牠還是音訊杳茫，若已無緣再見，但願牠平安。有人比我更疼牠，我才能心安呀！

# 瓜瓜與導盲犬

在關渡街上，常常看到一大一小的兩隻狗兒，大狗咬著小狗的鍊子，帶著牠蹓來蹓去。小隻的、白色毛，是西施犬，名叫「瓜瓜」。大隻的、虎斑紋毛，叫「小虎」。

小虎是瓜瓜的導盲犬。

沒錯，瓜瓜現在是又老又瞎了。但是，十幾年前，我從陽明山山腳下的天母，搬來河海交界處的關渡時，牠可不是這個樣兒。

那時，瓜瓜還好小好小，頭髮綁著粉

紅色的小蝴蝶，蝴蝶隨著奔跑的四蹄，飛東又飛西。一身齊地的白色長毛，閃閃又亮亮，像捲起千堆雪的浪濤；大眼睛烏溜溜、滴滴轉，又活像「白水銀裡頭，養著兩丸黑水銀」。

瓜瓜陪著陳奶奶上街買菜、跟著陳爺爺散步運動；全家開車去環島旅行時，牠也擁有一個暖暖又軟軟的安全座椅。

聽說，有一次，合歡山下大雪。瓜瓜樂壞了，在雪地裡又跑又叫、又蹦又跳的，只差沒和小主人堆雪人去而已！

有隻不知死活的鑽地鼠，突然冒出來找吃的。瓜瓜一看，電光石火的霎那，立刻放蹄狂追，這一追，就在「松雪樓」的庭前院尾、屋前屋後，追得天旋地轉、狗吠人嚎的。最後，追進松樹下隆起的雪堆去了。

白狗鑽白雪，白茫茫一大片，啥都看不到、找不著，奶奶急到快暈倒……好久好久，瓜瓜才自己鑽出來，一臉的不服氣。陳奶奶緊緊摟著牠，又是哭又是笑的。而牠，還很不甘心，東瞧瞧、西嗅嗅，尋找牠的死對頭。

全關渡人都認定，瓜瓜前世燒好香，今世才比人好命。為甚麼？因為，老了、瞎了，還有小虎當牠的導盲犬。

小虎是流浪狗，不知是大意地走失了，或是惡意地被棄養。幾年前，第一次見到牠時，牠已在黃昏市場裡討生活了。或許，牠也曾有過溫暖的家，受過主人百般的疼愛。所以，牠有著不同於一般流浪狗的氣質，對人們保持著不卑不亢的態度、維繫著有點黏又不太黏的距離。

事情發生在五年前，陳奶奶到小雜貨店購物，正和鄉親們話家常。一輛急駛的轎車衝過街，攔腰一撞，撞飛了小虎，也撞斷了牠的兩隻後腿。

陳奶奶抱起鮮血淋漓又奄奄一息的小虎，飛也似的跑去動物醫院。醫生搶救完後，望著麻醉中昏睡的小生命，嘆息著說：「粉碎性骨折，牠會終身殘廢，永遠站不起來。」

「那……怎麼辦？」

剛剛離開校門，「懸壺濟狗」的年輕醫師搖搖頭，「安樂死」三個字，打死他也說不出口；更何況，虎斑狗兒的一顆心臟，咚咚咚，跳得又猛又強，那要命的針一打下去，他一定會自責好幾輩子。

怎麼辦？他抬起頭看一眼兩手血汙、滿臉焦急的奶奶。心一定：「我來醫、您來養，一起讓牠活下去，好嗎？」

「好！好！好！」陳奶奶開懷笑了。

於是，四隻手、兩顆心，讓一隻狗兒躲過死神猙獰的嘴臉，活了下來。不只活下來，還擺脫精心訂製的不鏽鋼輪椅，快快樂樂站了起來，可吠可叫、可跑可跳。

小虎生病期間，瓜瓜絕不是好看護，連朋友都談不上。因為，牠吃醋獨享的寵愛被「瓜代」、憤怒獨佔的天地被「瓜分」，讓牠變成名符其實、傻頭傻腦的「瓜瓜」。

所以，只要爺爺、奶奶不在家，牠就偷咬小虎幾口、狠抓小虎幾爪。反正，病人（不！病狗才對）不會告狀，只要不皮破血流，全家人、包括狗醫師都不會發現。

但紙總是包不住火的，小氣巴啦的瓜瓜被陳爺爺狠狠地訓斥一大頓。可是，牠還是惡性不改，仗著自己是大老，就逞著老大的威風，不斷淩遲綑著層層紗布，動彈不得的小虎。

年輕力壯又浪跡過天涯的小虎，病慢慢痊癒了。於是，強弱易位、公理再現，瓜瓜也就沒多少好日子可過了。體型大一倍的強者，不僅「以牙還牙」、「以爪還爪」；還奮力清算積欠已久的利息、追加不該領取的紅利。當然，這種煩死人的鬧劇，都是挑在爺爺上班、奶奶買菜，大大小小都不在家的時候，才轟轟烈烈地上演。

打打鬧鬧中，歲月兀自悠悠流逝……老的，逐漸更老了；還沒老的，也慢慢地老了。

雖然，爭風吃醋及搶食物、爭玩具，在兩隻「為老不尊」的狗身上，還是偶爾發生。但是，火氣逐漸弱了，慢慢——慢慢地，也就熄了、滅了。寒流一來，老狗和半老狗，竟蜷縮在客廳的毛毯上，相倚相靠，相互貢獻出體溫，取起暖來了。

瓜瓜十五歲，換算成人類的年齡，已是百歲老翁，早可榮登「狗瑞」的寶座。青光眼、白內障，讓牠受盡折磨；齒牙脫落及慢性腸胃炎，也趕來湊熱鬧，有一陣子，牠虛弱到舉步維艱。

陳奶奶又急又慌，好在，狗醫師學過漢醫，建議她採用中西合併的大膽療法。果然，「粉光蔘」帶給瓜瓜活力，人吃的「表飛鳴」西藥，竟治好牠的腸胃。瓜瓜好似枯木逢春一般，又健健康康、活蹦亂跳了。

活蹦亂跳了，大問題也就跟著來了。牠不習慣於眼睛的極度弱視，常憑著嗅覺就胡闖瞎撞。幾個月前，在關渡公園，牠又聞到死對頭鑽地鼠的氣味，猛地往草叢裡一鑽。這一鑽，屋漏偏遭連夜雨，一根硬棘刺，不偏不倚，正中右眼球。

搶救後，瓜瓜右眼全瞎、左眼也接近全盲。

老友落難，經過大風大浪的小虎，沒有打起「瞎眼狗」；反倒展現出江湖道義，惜老憐弱起來。

陳奶奶帶著瓜瓜出門蹓蹓，小虎亦步亦趨，常相左右。小虎會選擇平坦的地方撒尿，失明的瓜瓜「聽聲、嗅味」之後，再去同一地點翹起腳。遇有水溝，小虎會趴下擋在瓜瓜腳前。一碰撞到小虎，瓜瓜就知道要立——定、向後——轉；或向前——跳。比阿兵哥的動作還迅速、確實。

今早，我出門慢跑，遇見瓜瓜、小虎及牠倆的奶奶。瓜瓜還是老當益壯，不停地聞聞嗅嗅，一副「好奇老寶寶」的模樣。奶奶直解釋，受傷後，瓜瓜怕疼，不讓人洗臉，一張烏漆麻黑的狗臉，讓她也跟著顏面無光。

我笑著說，奶奶對狗兒們的愛心，全關渡無人不知、無人不曉。再怎麼白目的人，也不敢誤會她懶惰！

說說笑笑中，驀然發現，今天的小虎似乎有些疲累，坐在地上，兩眼無神，不像平日一樣，是個虎虎生風的帶刀護衛。奶奶解釋說：前幾天，好動、不服瞎兼不服老的瓜瓜，趁她不注意時，偷偷溜下樓跑出門，小虎立刻追上去，她也急慌慌地，一路又喊又追的找出去。

瓜瓜靠著平時散步的記憶，跑到水岸河堤一帶。沒想到，兩三隻又兇又猛的野狗，竟衝過來圍攻牠。忠心盡職的帶刀護衛，立刻衝向前，捍衛眼盲的老友，昏天黑地的撕咬殺戮，於焉展開。最後，還是奶奶揮動雨傘，打退了欺狗太甚的強敵。

但是，小虎的屁股裂了一大口子，後腿也受傷了！

我讚美奶奶「情深義重」、「不離不棄」；又舉起相機，替瓜瓜和小虎拍照。奶奶堅持不入鏡，還不好意思地說：「妳寫文章時，千萬別說甚麼我『不離不棄』的。兩隻老狗，打了幾年架，現在，牠們真的才是相依為命、不離不棄哩！」

正聊得起勁，有位先生騎腳踏車要去運動，遠遠地喊著「姑媽！妳們在替瓜瓜、小虎拍寫真集呀？」

「真好！姑姪住這麼近，可以互相照應。」我羨慕地說。

「哈！我跟姑媽太有緣了，住花蓮時是鄰居，搬來關渡又是鄰居。她和我親姑媽是同學，我就理直氣壯地喊她姑媽。說真的，她對我呀！比我姑媽還『姑媽』咧！」先生笑呵呵的，一臉朝陽。在姪兒的撒嬌及勸說下，姑媽終於答應一起合照了。

原來，血緣雖然重要，但哪裡比得上情義重要？虎斑狗可當老西施的導盲犬、親呼呼的姑媽與姪兒，只不過是遠遠牽線來的好鄰居。

凡是動了一點真心、磨下了一些時間，茫茫人世中，不管人呀、物呀、事呀，零零落落、生生疏疏的一切，都可逐漸穿起、連起，穿連成一串，一串曖曖內含光的珍珠，可藏在深櫃、掛在廳堂；也可佩在胸前、戴在手腕……不離又不棄。

# 請神看大小戲

關渡，有個土裡土氣的好名字——「甘豆門」。只因大屯山與觀音山的主脈，圍遶著臺北盆地遙遙相望。其餘支脈卻蜿蜒靠攏，最後就隔著淡水河悄然對立。這一對立，就對立成了險要的甘豆峽門。

古早古早，四百多年的從前，一群接著一群先民，忍住淚，叩別了唐山的宗祠與爹娘，一步一回首；再咬著牙、橫了心，強渡生死廝殺的黑水溝。閃得過鯊魚的尖牙利齒，未必躲得過颶風狂浪；躲得過颶風狂浪，未必逃得過慘絕人寰的「種芋」悲劇。

「種芋」，不是真的種植芋頭，是厲行海禁的清朝，先民們若是偷渡來臺，遇到海關查緝時，狠心的船東常常罔顧人命，將偷渡客推入海中，溺死者不計其數；而掙扎泅泳者，由於離岸還很遙遠，雖然奮力掙扎，卻往往全身陷入泥淖，動彈不得而死，這種慘劇，當時叫做「種芋」。

面對十個搭上船，卻「六死、三留、一回頭」的移民挑戰，只有少數幸運者，才登得了臺灣此岸。但是，先民們來不及擰乾衫褲的海水與汗水，又要急著穿過甘豆峽門，進入滬溼的臺北盆地，進行另一場強弱興衰的生活廝殺。

可能是暈了船，或厭倦了漂泊，有些人上了陸地就不想走了。幸好，甘豆峽門旁，像母親一樣的淡水大河，沖積出遼闊的平原。只要套上牛軛，踩著溼軟的泥土，便可養活自己。另一些人，也停下腳步，但可能是愛上風濤的壯美，或貪看對海的故鄉。所以，他們揚起帆檣，日夜逡巡於北臺灣的汪洋。從此，捕魚與耕種，就讓他們安了心、立了命。

留在河海交界處，與天爭時、從海搶命的男人，必須最團結、最強悍。因此，連續二十多年，關渡人奪下全國龍舟賽的總錦標，那只不過是生活中的小小餘興，和農閒時泡杯茶或歸帆後下盤棋，沒啥兩樣。

百年之前，「關渡夕照」就被列為臺灣八景之一，金黃燦爛的霞光永遠浸沐著關渡宮。而這偉大的廟宇是臺灣北部唯一可跟鹿港天后宮、北港朝天宮比美，並稱為臺灣三大媽祖祖廟。

到底是甚麼樣的心情？讓約三百五十幾年前（順治十八年，一六六一年），唐山的石興和尚，選擇漂洋過海的苦行？是兵荒馬亂的逼不得已？抑或開山宣教的鋼鐵信念？

當時，這位出家人，或許年紀還不老吧？否則如何經得起風波的顛頓？且憑著一間小小的茅屋杉椽，就敢在關渡的「靈山」立下廟基，將千千萬萬海上子民所依附的慈母——媽祖，奉祀為甘豆峽門永遠的守護神。

他是感念自己渡海時，海上女神的化災解厄？抑或「菩提一念證三千」，要讓胼手胝足、無妻無子的農漁弟兄，有家、有夢、有慈母？不再「紅柿一上市，羅漢腳目屎滴」❶？

石興和尚，強渡黑水溝；達摩大師，一葦渡長江。一凶險、一瀟灑，何其不同呀！但一為禪宗立基，一為關渡宮開山，豈不同樣是天鑒地證

❶「羅漢腳」是指早期無田地房屋、無妻子兒女、又無固定職業而游食四方的臺灣移民。因其赤腳終生，外形有若佛家的羅漢，故俗稱為羅漢腳。「紅柿上市」是為秋天，秋天引發羅漢腳思鄉深情，潸然淚下，故有「紅柿一上市，羅漢腳目屎滴」的俗諺。「紅柿出頭，羅漢腳目屎流」亦是同義。

的慈悲好男兒？

昔日的漁村田庄，今日的小小市井。淡水河依舊悠悠流逝、捷運列車卻已轟轟奔行……所以，讓學術研究者去考證媽祖是佛？是道？從古至今，關渡子民，只認定祂是永遠的母親。母親在，就有疼惜與包容。人世間的一切苦厄，都能安然化度。

關渡慈母的疼惜與包容，子民耳濡目染之後，也培養出開闊的胸襟。從茅屋、瓦舍到鋼筋水泥，廟殿日夜擴建，迄今已是依山層疊，殿殿相連：天公爐後，聖母、觀音、文昌三殿並立，儒、釋、道早已水乳交融，分不出涇渭。

更何況「古佛洞」中，供奉信眾熟悉的千手觀音、四大金剛、二八天王之外，又有無數尊罕見的印度神祇。「財神洞」裡，福德正神、五路財神，許給人們無數發財的美夢。

「凌霄殿」中，玉皇大帝、太陽星君、太陰星君、三官大帝、南斗星君、北斗星君、東華星君、瑤池金母……眾神並列，同尊同榮，好似教導著眾生無我無私……一旁的「玉女宮」，則傳頌著道光十七年（一八三七年），關渡少女白日飛升的美麗傳奇。

看來，古今中外、儒釋道之眾神列仙，無論來自神話、宗教、歷史、甚至小說、傳聞……，在中國、在臺灣、尤其是在關渡，一向是和睦相處、攜手同心，一起佑護著虔誠子民。

因此，穆斯林、基督徒，慘烈爭執了幾千年的信念；布希、賓拉登、海珊所結下不共戴天的樑子，種種宗教信仰所衍生的血海深仇，在關渡子民心中，都可化為滄海天際，瀟瀟灑灑的一聲長笑。

深受諸神的呵護，關渡子民當然感恩惜福，但想到自己及家人辛勤終日，三不五時，當然也要放下牛犁、漁網，出去兜兜風、串串門子。因此，他們問：需不需要也讓鎮日端坐，法相莊嚴的諸神，也歇歇腿、伸伸懶腰呢？

於是，他們決定，金風送爽、皓月當空的良辰，就請眾神看看戲吧！

中秋佳節，臺灣萬民賞月烤肉去；
關渡戲臺，歌仔戲團綵衣娛神來。

戲臺上，明華園的當家小生與花旦，搬演細膩纏綿的愛恨情仇。我擠在滾滾人群中，不忍心讓閃光燈打擾到野臺藝術。所以，沒有任何忠孝節義，攝進我的黑盒子。

還好，黃昏前，我走過小小巷弄，赫然發現鄉民們另一份濃濃敬意。「狄府元帥、楊府元帥」及「列位眾神」，被暫時請出神宮，聚在臨時搭建的帳棚內。帳棚的對面是卡車改裝的小小戲臺。戲臺前的神案，擺著鮮花、素果及月餅。好戲還沒上演前，諸神們就先聊聊天、聞聞香火、吃吃柚子、喝喝小酒吧！

一樣是民眾對眾神致謝，關渡宮前，宴請的是天后、觀音、天帝、星君等赫赫神祇，擺出來的祭品，與滿漢全席相差無幾；且重金禮聘演出的，是「上港有名聲、下港真出名」的明華園歌仔戲。

小小巷弄內，小小的野臺酬神戲，雖然沒有盛大的排場，但是，神情與人情也深深交融。只因「狄府元帥」——狄青，一生戰功彪炳，卻被迫辭官罷將，四十九歲便「驚疑終日」，鬱鬱而死。「楊府元帥」——楊家將，五代英烈，滿門為國捐軀。

亂世無常，幾乎所有的悲劇英雄，都含恨而終。所幸人間有情，英烈死後，不只將缺憾還諸天地，還得到百姓的敬愛悲憫，將其膜拜為護鄉賜福、降魔去煞的天將神兵。

因此，關渡子民感激狄元帥、楊家將，也敦請祂們出來喝酒、看戲、賞月亮。杜甫「肯與臨翁相對飲，隔籬呼取盡餘杯」的輕鬆與熱情，在巷弄內盈盈蕩漾。供桌上寥寥簡簡的祭品，像上不了宴席的小吃，但絕對是脣齒留香的私房菜。以卡車當劇場的「真虛實布袋戲團」，當然沒有明華園的名角與名氣。但團長夫婦，卻有「一口說出千古事，十指弄出百萬兵」的雄心豪情。何況，他們的搭檔，下午四點多，就趕著來搭戲棚、接音響，努力地要以聲光化電，換取諸神的笑逐顏開。

所以，同樣是請神看戲，雖然有著不同的排場，卻有著相同的感激、相同的虔敬。想必列仙眾神，無論官職高低，也都同樣會含笑接納、與民同歡的。

# 妳來臺灣多久了？

去年，老媽脊椎開刀，復原狀況良好。只是走遠路時，我會用輪椅推她。

清晨，我推著老媽要去水鳥公園走走。半路，遇到鄰居張奶奶。兩個坐輪椅的老人家，熱絡地談天說地、講兒道女起來了。

我認識張奶奶，她卻不記得我。她問老媽：「妳甚麼時換人？我攏總毋知。」

老媽說：「無呀！來臺北，就一直是伊照顧我。」

張奶奶對我打量一下，問老媽：「伊有乖否？會黑白亂亂走否？」

「無乖！時時暗迷矇才返回來，半暝三更也在打電腦，不去睏。」

「妳無罵伊？」

「罵也沒路用，不愛管伊了！」

「一個月給伊多少錢？」

「我老佝佝了，那有錢給伊！伊三不五時還會塞錢入我褲袋咧！」

「啥米！有這款？妳前世燒好香，有夠好命呀！」

張奶奶的印傭是新來的，我們第一次碰面。她高高興興拉住我的臂膀，一開口就是嘰哩咕嚕的印尼土話。我一句也聽不懂，只能瞪大眼、猛搖頭。

她聳聳肩，撇撇嘴，眼睛裡有藏不住的失望。但是，生性爽朗的她，一下子就想開了，一副「無魚蝦也好」的神情，用有點生澀的英語，企圖跟我交談：“How long did you stay in Taiwan?”

「喔！Long long time! Long long time!」

我的「菜英文」已「菜」到國中一年級，而且是上學期的程度了。因此，再下來她所說的破英文，我也聽不懂、回答不了。

她的表情更失望，一副我是從石頭蹦出來的樣子。但她不死心，努力用三個月「職前訓練」所學到的臺語和我交談：

「媽咪對妳好否？會罵妳否？」

萬歲！我聽到母語了。不再羞得臉紅、急得冒汗：「會哦！媽咪罵人非常厲害的！」

「那妳要安怎樣？」

「有時愛聽，有時免聽。」

「哦！」她的表情一下子晴空萬里，一下子烏雲密佈：「甚麼時愛聽？甚麼時免聽？」

「我歡喜就聽，不歡喜就暗暝三更才返回去厝，聽嘛聽毋到！」

「喔！喔！好！好！我知，我知了！」這下子，她好像真的恍然大悟了。

幾天後，張奶奶的兒子張先生來找我：「王小姐，不好意思，我想拜託妳一件事。」

「啥事？別客氣，儘管說。幫得上忙我一定幫。」

「請妳約束妳家的外勞，她教了我家印傭很多祕訣，害我們都快管不住她了！」

「甚麼？有這種事？但是，我家沒請外勞呀！」

「哦！哦！那一定是我搞錯了。對不起！對不起！打擾妳了！」

張先生一再鞠躬致歉。但進電梯前，我聽到他自言自語地說：「奇怪！老媽明明說……」

我的老媽想去公園，等我等了半天，忍不住碎碎唸：「好了！好了！照鏡照到破去，也是同款樣，自小漢起就黑肉底，莫怪人叫妳『黑肉雞』，抹粉也無路用！」

我放下鏡子，突然對一切都恍然大悟了。

然而，長得像替我們「老吾老、幼吾幼」的南洋好姊妹們，除了代表健壯，更是我的光榮與驕傲。有甚麼不好？

——原載於二〇〇八年十一月二日《中國時報》

# 人間赤子

# 天使還小

他是唐氏症的孩兒，年紀還小，未來的路遙遠又漫長。

八年前，天使從浩瀚的天際，滿心喜悅降臨人間。但是，基因倉庫的搜尋引擎不太靈光，帶走的第21號染色體，出了小小的問題。

小小的問題，大大的震撼！

為他接生的醫生，驚愕到喃喃自語：「不可能，不可能！一切產前檢查、羊膜穿刺都正常！怎麼會是唐氏症寶寶？」

非洲的史懷哲、淡水的馬偕、甚至服替代役在西非行醫的連家恩，都曾讓這個醫生熱血沸騰過。但是，幾番醫海浮沉，他早學會了比遺傳基因更難懂的人情世故。他悄悄脫下手術袍，在同僚的嚴密掩護下，從這一座白色巨塔消失得無影無蹤。

年輕的爹地和媽咪，一遍又一遍凝望天使無邪的小臉，也一遍又一遍互望彼此無助的雙眼。

希望與絕望慘烈互鬥……最後，絕望征服了一切。

二十二歲，還是個大女孩的小母親，學那五十多歲的醫生，也走了，揮一揮衣袖，不願帶走一片尿布與記憶。

天使笑著、哭著、舞著小手、吮著奶瓶，渾然不知天地已變色、人事也全非。

好在，阿嬤出現了，抱起才一丁點大的天使，親吻他稚嫩的臉頰，緊緊攬在懷中，一聲聲、一句句：「阿嬤在，有阿嬤在，天就塌不下來。不怕，咱們不怕！」聲音輕輕又柔柔，彷彿酷寒的南極圈，在漫漫永夜之後，逐漸照射進來的陽光。

太陽光再增強點熱度，照撫著手足無措又痛苦不堪的失婚爸爸。阿嬤說：「孩子的媽太年輕，嚇壞了！既不想擔、也擔不起這些，就讓她去吧！別怨也別恨。一枝草一點露，天公不會斷人生路的！我當媽媽，養大你們兄妹四個；當職業褓母，帶大過別人的小孩十個。我就不相信，我養不了、教不好我自己的骨肉親孫子！」

於是，沉沉厚厚的陰霾，被陽光消溶了、趕跑了，大局逐漸穩了下來、定了下來。妥妥穩穩的背後，是一雙長滿硬繭的手，拼盡全身的力氣支撐著。

四個月大的天使喝完奶，拍好背，打完咯，阿嬤搖著他，輕輕唱著〈搖嬰仔歌〉：「嬰仔嬰嬰睏，一暝大一寸；嬰仔嬰嬰惜，一暝大一尺；搖『孫』日落山，抱『孫』金金看，你是我心肝，驚你受風寒。一點親骨肉，愈看愈心適，暝時搖伊睏，天光抱來惜。男女一款樣，哪有兩心情？」

天使安安甜甜睡了，阿嬤眼皮也逐漸重了。

突然，幾個猛烈的抽筋，天使的手掌、腿、腳開始蜷曲，全身痙攣、臉變黑、呼吸困難……阿嬤抱起他，呼號著衝向大街，攔了計程車。這一去，守住醫院四十五個晝夜，求遍宇宙諸神，才把腦積水的心肝寶貝救回來。

救回來了，但是，日後進出醫院的頻率，可能只比進出廚房少一些而已。

一輩子、兩隻手，總共帶大過十四個小孩，阿嬤太了解生命成長的程序了：

「七坐，八爬，九發牙」——乖孫呀！沒關係，你七個月不會坐、八個月不會爬，一歲半也還沒長出半顆牙。但是，我們不急，一點都不急，你只要專心長大，用力活下來就好。阿嬤等你，一定耐心等著你。

「會行，晬一。未行，晬七。」——乖孫，你一歲一個月時，不只還不會學走路，連翻身都不會；一歲七個月時，也還軟趴趴坐不直。但是，你有進步，會伸手抓鈴鐺了。雖然，那是小嬰兒四五個月就會做的事，但阿嬤知道你已經很努力了，阿嬤很高興。

「囝仔會走，大人追到嘛嘛噏！」——乖孫，阿嬤知道「唐寶寶」骨質弱、關節軟，一切急不得。但是，有一天，一定有那麼一天的！當阿嬤跑著追你時，縱然煩死、累倒，也絕不會哭到「嘛嘛噏」；我會眉笑、眼笑、嘴大笑的呀！

「三歲乖，四歲礙，五歲掠去刣！」——乖孫，一般小孩三歲時較乖；四歲時，意見多，常鬧彆扭；五歲時，怎麼講都講不聽，氣得長輩笑著說乾脆殺掉算了！你呢？喊一聲阿嬤或走一步路給阿嬤看好嗎？喔！對不起！對不起！阿嬤只是有些累，沒逼你。阿嬤說過一定等你、帶你的，慢慢來，不急，一點都不急……

天使真的不急，慢慢長大，五歲了；阿嬤急不得，放慢了一切，卻快快地老了，老了何止十歲？

就在這一年，阿公中風了！

從此，關渡知行路街頭，經常看到瘦矮的阿嬤，費盡力氣推著輪椅，輪椅上坐著行動不便的胖大阿公；胖大阿公的膝蓋上，坐著圓嘟嘟、喜洋洋，不會走路的小天使。一家三口，要去醫院做復健，一星期五回，不管晴天或陰雨。

「不急、一點都不著急。慢慢學，我等著你們。」阿公與小孫子，學著一切活下去的基本技能。一個是剛開始，一個是重新開始。

六歲，阿嬤用湯匙一口一口餵著小天使。他嘴裡含著飯菜，卻突然一聲一聲喊著：「嬤！嬤！阿——嬤、阿——嬤！」

阿嬤匡啷一聲丟下碗，雙手高高舉抱起天使，驚叫著、答應著、旋轉著……淚水滔滔，流滿一臉。

再過一年，真的看見阿嬤的大手，牽著天使的小手，走在關渡街頭了。一步四腳印，慢慢的小速度，對他們而言，已是快快的大進步了。

阿嬤抱著、背著七整年的天使，下地走路了，且一走，就走進小學特殊教育的教室。

阿嬤一談起老師，眼眶就發紅：「我的孫子手肥肥又短短，遶不到背後，在學校裡，都是翹著屁股，讓老師擦屁屁的。」

「一到十，老師整整教了一年多，他才學會。現在一看到數字，就會唸給我聽，要我反住隔壁的叔公、嬸婆拍手手。」阿嬤邊笑邊把小天使摟在懷裡。天使一臉陽光，呵呵呵！笑得眉彎眼瞇的。

眉彎眼瞇的愛笑天使，最討厭人間的暴力。所以，大人們聊起藍綠政黨時，不可以發重礮；相遇打招呼時，拍肩拉手也不能太大力，否則他會嚇得哇哇大哭，喊著：「不要罵我、不要打我……」大人們每一句重話、每一記拳頭，都會打在他柔嫩的身上及心底的。

「不乖要教，平常要惜」——是阿嬤教養小生命的金科玉律。小天使真的被「教好好」：小小年紀，竟愛喝老人茶，端起小茶杯，彎身下腰，恭恭敬敬地敬阿嬤，大喊：「嬤！乾杯」。小天使當然也被「惜命命」：他挑剔衣服，如果要他穿不喜歡的顏色及樣式，就甩手又蹬腿、滿屋奔跑，讓阿嬤又氣又笑。他愛看電視，爬上阿嬤的膝蓋磨蹭，歪著頭聽西瓜哥哥、水蜜桃姊姊講故事，冷不防，會回過頭，捧著阿嬤的臉頰，狠狠地香一個，再掩著嘴，得意又害羞地偷笑。

雖然，帶錯了第21號染色體；但是，小天使從基因倉庫，多帶走了不少音樂細胞。三四歲，不會說話，先會哼歌，一首歌聽兩遍就學上了。節拍精準、音感超好，別人一唱走音，他會毫不容情地伸舌頭裝鬼臉，用食指羞羞臉。

於是，阿嬤省吃儉用，買了五六萬的卡拉OK，作為陪伴小天使成長的「機器貓小叮噹」。唱完歌手翁立友的〈我問天〉，天使一定接著唱葉啟田的〈愛拼才會贏〉。小小腦袋瓜，盈盈滿滿盛載了跳動的音符；而問完天之後，立刻勇敢拼戰到底的兩首歌曲，似乎也泄露了上蒼安慰、鼓勵人間子民的天機。

「我呀！得孫得福氣。病了，他會貼心地來摸我額頭，說：『嬤！阿嬤！妳好像不舒服哦？』因為他，我開始學唱歌；也參加唐寶寶協會，與朋友們互換許多照顧的心得。還有，左鄰右舍哪個不疼他？我忙不過來時，一定有人出手出腳來相挺；甚至，街上不認識的人，也會停下腳步，捏捏他肥嘟嘟的臉頰，對我們說了一大串鼓舞的話。」阿嬤笑了，一臉一身，滿是春風，讓人忘記現在是歲末隆冬、寒流侵人。

「特教老師說，他超愛現，一上臺唱歌就勸不下來；又有領導能力，會帶著其他唐寶寶學東學西，是全班第一棒的小孩。」阿嬤炫耀起金孫，音調不自覺提高了。

前些日子，她在電視上，看到中國唐氏症青年胡一舟，揮舞著指揮棒，帶領著大型樂團巡迴世界演出。

她說，她絕不奢望，但有了一些希望……

元旦，舊掉了的年走了；摩拳擦掌要展開的，是嶄新的一切。雖然，隆冬酷冷的寒流仍潑剌，但太陽已悄悄露出紅紅亮亮的臉龐，對著大地微笑。阿嬤牽著天使出門買菜，一步四腳印，步步走向前！

「乖孫！不急，慢慢走，阿嬤會等你、帶你。不急，我們一點都不急……」

# 討海的女子

關渡的知行路。早上，菜市場的一角，人聲沸騰，多少市井小民，靠這條小小的街，填飽肚子與生活！

她一早就打電話來：「王小姐，有大螃蟹，趕緊來。太慢，妳就買無！」

我十萬火急出門。她一臉得意，高舉她的寶貝：「中秋節，我的紅蟳最搶市。特別留給妳的。」

我千恩萬謝，從不敢殺價。因為她賣的，絕對是海撈的現貨，活蹦亂跳的；生猛的螃蟹大螯，還曾把我的手指夾得鮮血淋漓。

她教我：「是公是母看肚臍」——原來，圓肚臍是母的，尖肚臍的是公的。「秋風起，吃圓臍」——秋天要吃母蟹；因為蟹黃多、肉肥美。「尖尖臍、較便宜」——買公蟹較省錢，只要挑「沒打過架——的在室男」，就不吃虧。因為，處男蟹，膏多鮮甜，絕對是人間美味。

她還教我如何分辨：哪些是海魚、哪些是養殖；哪些是現撈、哪些是冷凍；哪些是臺產，哪些是大陸貨。最重要的：哪些能吃，哪些東西是「賣的人黑心夭壽，吃的人生命減壽」。

我所有的「水產學」學分，都是跟她修的。不只如此，好幾回，她嘲笑電視預報員胡說八道，氣象局遲早會被拆招牌。果然，颱風就聽她的話，乖乖轉向去日本。

我問她怎麼那麼厲害？

她說：「也沒甚麼啦！看看天色、月暈、星斗；到淡水河隄，吹吹風，看看白鷺鷥、聞一聞海的味道，就知道了。老一輩總是這麼教的呀！」被大大誇讚時，她反而會臉紅。

中秋要到了，我買了兩隻紅蟳、幾條小海魚。

「我和我老公，在金山海邊，有一隻三百多萬的大漁船。」她一邊殺魚，一邊和我聊天：

「我娘家也是靠海討生活的。十二三歲，我就敢單獨下海，撈活魚、抓紅蟳。嫁過來後，就跟著老公討海。辛苦二十幾年，才存夠錢買那隻船。」

「甚麼！妳討過海？」我大吃一驚！討海不都是男人的工作嗎？

「好命的女人，才能在家裡煮飯、帶小孩。我晚上和老公出海，清晨回來。他去睏眠，補體力；我送走小孩上學，再挑魚出門叫賣……一枝草一點露，最辛苦的那幾年，我身體反而最好，沒有累死。」

鹹熱的海風、冰冷的海水，沒饒過她黝黑的臉龐；但是，只要她輕輕一泛起笑紋，就像浩浩茫茫的北太平洋，洄盪起黑潮——那股溫暖、潮溼，帶來豐富魚產的海潮。

「晚上出海，那小孩誰照顧？」我問。

「投胎出世在討海人家，命中註定要當『天公囝仔』，天公疼憨囝！免啥照顧。丟在榻榻米上，自己吃、自己睡。大的帶小的，大的小的，一起長大。眼睛一眨，不也個個都高強大漢了嗎？」她眼中有藏不住的欣慰。

「不過，有一次，大女兒發高燒。我討海回來時，十歲不到的她，還背著老么，蹲在門口，用湯匙一口一口餵老二吃粥。才鼻屎般大的查某囡，就乖到這款樣，看得我掉眼淚呦！」

我也一陣鼻酸，心裡小小聲地迴蕩起稚嫩的童音：「天這麼黑，風這麼大，爸爸捕魚去，為甚麼還不回家？聽！狂風怒號！真叫我心裡害怕。爸呀！爸呀！只要你平安回家，縱使空船也罷！……」

那是小學三年級，老師拿著教鞭，逼我們背的課文。從前，在記憶底、生活中，它真的只是一篇被強迫背誦的課文。但是，對這一家呢？它真的只是課文嗎？更何況，狂風怒號的深夜，出海捕魚去的，不只是爸爸！

傍晚，我出門慢跑，又在黃昏市場看到她。早上地攤上的魚、蟹，想必被顧客一掃而光。她抱著孫子，跟三四十年的老鄰居，悠閒地聊天，笑得很開懷。

「妳沒出海去？」我問。

「王小姐！我都有三個孫子囉！可免再『老歹命』！快十年沒出海了」

「那誰去呀？」

「我老公帶著兩個兒子出海，撒魚網、放蟹籠一整夜。早上，我再拿到關渡賣，我媳婦去北投賣。」

「一天賣多少呀？」

「討海人一切看天囉！一個人，好就七八千、差就兩三千，日子吃得飽、過得去就好了。最起碼，一輩子不怕沒好魚吃。」燦爛的笑，一直沒離開過她的臉。

是的，有了她，我也不怕沒好魚吃。

「來，向阿姨說再見！Bye 一下！」她的小孫子，用白嫩嫩的小手掌，放到小嘴嘴親一下，再噓一聲，吹送給我。

我很高興的接下這個漂亮小男生的飛吻。

慢跑在淡水河河堤，晚風習習吹來。雖然，我一輩子都聞不出颱風前，海變啥味道？大大辜負了「生活大師」的教導。但是，這麼淳厚樸實的鄉親，教人不打從心底喜歡也難！

總覺得，這位討海的女子，行過春花綻放的年少，曝曬過夏日當空的烈陽；而今，正享受著多彩多姿、血汗豐收的秋。只要夕陽無限好，稍稍靠近黃昏，又有甚麼關係！

# 粽子的因緣

多年前，我從陽明山山腳下的天母，遷移到河海交界處的關渡。大都會中討生存的女子，孤獨面對「四維禮、義、廉」的建商、「兩眼都是錢」的裝潢師傅、以及「吃豆腐、兼偷喝洋酒」的搬家工人，真有無處說且說不完的憤怒。而等到鍋碗瓢盆都就定位、書籍簿本都上了架時，我早已全身癱軟，不是一個「累」字所能形容的了。

偏偏只剩一個月不到，我就要披上盔甲、執起戈矛，趕赴沙場去挑戰「博士班」的入學考了。

所以，那一年的夏天，太陽格外的狠毒，烤得我焦頭爛額、曬得我殺氣騰騰，活像《水滸傳》裡頭，賣人肉包子的孫二娘，揮舞著大刀，殺向人群一般。

端午節的前一天，是我農曆的生日，無奈既沒心情呼朋引伴慶祝，也無暇感傷歲月的飛逝。因為後天，後天呀後天！就是決定我一生的大考日。

傍晚時，我從鏡子中，瞥見捧書苦讀的孫二娘，抹黑著兩圈熊貓眼不打緊；一頭亂髮，竟然比刺蝟、荊棘還張狂。雖然考試期間，可以六親不認、一切從簡。但是，面試時，用長相去嚇壞口試老師，也是件不道德的事。好吧！只好上美容院洗頭去！

我外號「王驢」，個性真的像笨驢，既提不起又放不下，明明丟下書本，瀟灑出門了；但拐了一個彎，還是繞進屋，挾走一本《中國文學史》。

隨隨便便拐進巷口，踏入一間家庭式的美髮屋，漫不經心地坐上高腳椅；洗髮精已在頭頂搓揉起千堆雪了，我兀自手不釋卷，喃喃背誦《詩經》與《楚辭》的差異、「今文經」與「古文經」的區別……

唉！沒辦法，笨驢自知天生駑鈍，不敢稍稍鬆懈。何況，平日已不怎麼勤燒香了；考試前，怎敢不緊緊抱著佛腳不放！

「小姐！妳回家後，用熱呼呼的毛巾，輕輕敷在眼皮上。多敷幾遍，眼袋及目眶，就不會黑嚕嚕了。」身後傳來的嗓音，輕柔中帶有豪爽的俠氣。

我太了解自己目前的「尊容」了，不禁微微地嘆口氣，羞赧到無言以對。這時，她強而有勁的手指，開始在我耳旁兩側的太陽穴、頭頂正中央的百會穴、頸後大筋的風池穴，不停地壓、揉、按、敲……按、敲、壓、揉……

一陣又一陣的酥麻酸軟，從頭頂間開始蔓延，一寸一寸地向四肢百骸開展；一個骨節接著一個骨節，悄悄打開了、慢慢放鬆了，漸漸地、漸漸地、我瞇上了眼睛，書本滑落地，都渾然不知。

「妳一定長時間很累，對不對？」

「嗯！累斃了，累到天昏地暗、死去活來。」

接下去，她再說甚麼話，我都沒聽到。因為，久違的周公，張開雙臂，擁我入懷了。

「好了，不能不沖水了。小姐，醒來吧！」是她溫柔體貼的語調。

我緩緩睜開眼，抬頭一望牆上的掛鐘。天呀！為了讓我沉睡，她足足按摩了四十多分鐘。

嘩啦啦的溫水，沖去我一頭的白雪、一身的疲憊。她大聲問：「有沒有舒服一點？」

「太好了！好到不得了！」我由衷地向她致謝。因為，這是我兩三個月以來，睡得最沉的一次。感覺通體舒泰，套句《老殘遊記》的話，就是：「五臟六腑裡，像熨斗熨過，無一處不伏貼；三萬六千個毛孔，像吃了人蔘果，無一個毛孔不暢快。」看來差點報廢的蓄電池又充滿電了。

不只腦袋瓜蓄滿了電；照一照鏡子，一頭吹整得烏黑柔亮的髮絲，徹徹底底打跑了面目可憎的孫二娘，我抬了抬下巴，側前轉後的，擺了好幾個美美的"Pose"，自認為：現在上臺，不管是扮演沉魚的西施或落雁的昭君，都沒啥問題了。

「一百塊錢！」她拒絕我多付任何一毛錢。

走出店門前，她急聲喊著：「等一等！」轉身進廚房，拿出一粒熱騰騰的粽子，拎著細繩遞給我：「我第一次包粽子，真難看，歪七扭八的。不嫌棄的話，妳就吃吃看！」她圓圓的臉，大大的眼睛，有少婦的豐腴，更有大姊姊的慈愛。

我感動得幾乎掉下淚來，在疲累不堪的生日當天、在生死決戰的大考前夕，這顆粽子意義非凡呀！

放榜後，我親自登門致謝：「那大接過妳包的粽子，我就知道考得上了。因為，送我『包粽』，就一定『包中』呀！」

她和憨厚的先生仍不改謙虛的本色，忙不迭地說：「是妳自己用功考上的，是妳自己用功考上的。」夫婦倆笑得合不攏嘴，真心為我高興。

從此，我成了他們家死忠的顧客，一星期固定報到一兩回。他們家的四個小孩，也都跟我混熟了。

混熟了，正是孩子們苦難的開始。孟子曰：「人之患，在好為人師」。我呀——就是那種大患在身、喜為人師的人。老三婷婷、老么群群，一個讀小三，一個念小一，我慷慨激昂地說：「背誦詩文，應從『童功』的基礎打起，古聖先賢、文壇大師，都是這麼製造出來的。」說完，就立下規矩，嚴令小姊弟每週要背誦三四首唐詩，星期天我去洗頭時，順便一一驗收。

從此，小姊弟不敢貪睡，天天黎明即起，捧著書本，緊張兮兮背個沒完。而我呢！嘿！一邊洗頭、喝高山茶，一邊閉眼享受大姊或大姊夫舒舒服服的按摩；再豎直耳朵，嚴格監聽小小姊弟的默讀，過足了女夫子的癮。

沒錯，當然要有獎品的，但誰說重賞之下才有勇夫？小氣巴拉的女夫子，只用薄薄的幾張貼紙、一兩個可愛的瓷娃娃，就硬將一首首唐詩、宋詞，騙進姊弟倆小小的腦袋瓜了！

老大雯雯就讀美髮職校，「長姊如母」的她，絕對沒辜負這句成言。有一次，我問起她半工半讀、學習美髮的甘苦。她笑瞇瞇地說：「阿姨，我一邊讀書一邊學手藝，一點都不苦。您知道嗎？我媽媽小學畢業的第四五天，就被拉去當學徒，一站就是十幾個小時；兩手被劣質的洗髮精，浸泡到像乾枯枯的稻草、裂斑斑的龜殼。洗頭、剪髮、冷熱燙、髮型設計，當然要跟老闆娘學；但是，掃地、煮飯、洗尿布、帶小孩，也要替老闆娘做。亂吭一聲、亂回一句，五爪魔掌就會敲到腦門；起床太晚、小孩尿布疹，彈指神功就擰得眼皮又紅又腫。才十三歲的小女孩耶！」

「哼！這沒良心的老闆娘，簡直是惡毒的母夜叉，妳媽一定恨死她囉？」

「哈哈！錯！大錯！她們感情好得像母女。我媽到現在都還感謝她，說她那老闆娘教得好、磨得妙，訓練得呱呱叫。」

我想起大姊那一顆香噴噴的粽子、兩隻打敗孫二娘的巧手，四個樸實認真的好兒女，不禁深深點了好幾個頭。

沒錯，三頭六臂的能耐，往往是胼手胝足換來的。而現在，孝順貼心又刻苦耐勞的雯雯，早已考取國家級專業證照；且多番進修之後，擔任國際美髮器材公司的技術講師去了。

讀高中的馨馨，排行第二。說甚麼少女會青春叛逆？在她身上，我只看到乖巧伶俐。她小小年紀，不只是珠算十級的高手，還是爸媽的好助理：洗頭的客人來得多了，她一定捲起袖子幫忙。我喜歡她生澀中帶著剛強的手勁，更喜歡她對文學不悔的執著。「口沫橫飛」——

頭上的泡沫與暢談文藝的口水齊飛，是我們最快樂的寫照。

後來，她考上了大學中文系；現在，已是關渡國中美麗又盡責的實習老師。

當年洗頭時，我問過她：「妳們李家的小孩，怎麼都不會長犄角、鬧叛逆？」

她微微一笑：「爸媽每天早上八點營業，晚上九點才拉下鐵門，整理好店務、家事，已將近半夜了。假日，還會帶我們學游泳、騎鐵馬、爬山摘果的。我們一舉一動，都在他們的眼皮下。就是有天大的本事，也搞不了怪。而且，只要哪一個稍稍『突鎚』、鬧彆扭，媽媽就會放下工作，帶去『愛的小路』散步開導哩！」

「哦！『愛的小路』！在哪裡？沒聽過。」

「哈！就是水鳥公園前面，新開的馬路嘛！」

嗯！是那條林蔭大道呀！蟲鳴鳥叫的，果然是適合慈母教子的好場地。看來帶孩子到「愛的小路」散步，絕對比用「愛的小手」打手心，有用多了。

馨馨又說：「有一次，爸爸開車送我去學校註冊。繳費時，他從口袋掏出一大疊現鈔，一張彈算過一張，仔仔細細地數，來回幾遍；再把十幾萬的住宿費、註冊費、伙食費、書籍費，遞進銀行窗口。我站在旁邊靜靜地看，心想：一學期就花掉十來萬，十來萬！洗一個頭一百塊，他們足足要洗上一千多個頭……弟妹也在念書，爸媽要洗幾千個頭呀？」

她聲音低低的，不讓父母聽見；更不讓他們看到她溼潤的眼眶……

我有習慣性的「腰部急性肌肉拉傷」。有一天，又嚴重地閃到腰。歪斜著身子，拖呀拖著九十幾歲的步伐，拐進他們的店，爬上高腳椅及躺下沖水座時，我都痛得唉唉大叫。

大姊問：「怎麼搞得這麼狼狽？」

我苦著臉道：「沒辦法，腰太細了嘛！早上起床打個噴嚏，就中獎了。」

大家哈哈大笑；我則是笑中帶淚。唉！根據豐富的經驗，這一閃腰，不痛個十天半個月是不會好的。

我再拐呀拐，顛呀顛地，踩著布袋戲「秘雕」的特殊步伐回家去。不久，電鈴響了。原來，這對古道熱腸的夫婦，已開車去買好護腰帶，叫小婷婷送上門來了。

他們辛辛苦苦，一百兩百慢慢捻積著，既投資四個孩子的未來，也在新竹買下一大塊山坡地，種植水果。每年秋冬，柑橘大豐收，來洗頭的客人，都會順便買走一大袋。清晨喧鬧的早市、日落前的黃昏市場、甚至每週兩回的夜市，大姊夫也都去擺攤位。假日時，婷婷、群群小姊弟，也都在一旁幫忙秤重及找零。

水果攤生意太好了，他們加賣一些蔬菜；試驗成功後，再加賣幾種魚鮮、生肉……小心翼翼地，一步一腳印、步步穩紮穩打。最後，做了徹底的轉業——收了美髮屋。只因從事美髮業三十多年，大姊夫不忍老婆繼續操勞下去了。

但是，自從他們改行之後，披頭亂髮、殺氣騰騰的孫二娘，又時常出現在關渡街頭了……唉！知心者稀，知頭知髮者，更難覓呀！

我換到中正大學任教後，南奔北跑，好久好久沒空去他們家喝茶聊天了。有一天，我看到一位婷婷玉立的少女，幫著住在對門手肘脫臼，不能提重物的太太，拎著一大袋的蔬菜回家。仔細一看，呵！竟然是我疼愛的小婷婷。女大十八變，都讀大一了，也比我高了。還是那麼貼心、乖巧。

我問她：「爸媽好嗎？忙不忙？」

「謝謝王阿姨，爸媽都很好，天天忙得團團轉。」

「哦！怎麼個忙法？」

「每天凌晨兩點就起床，開車去三重、五股，採辦當天要賣的蔬果魚肉。六點多就擺好一車的菜攤，客人一來，就忙到幾乎不能吃早餐。一直到中午過後，才能稍微休息。星期一果菜市場公休，他們一大早就去新竹果園，又是除草、又是摘果的，忙到天黑才回來呢！」

「群群呢？幾年級了？」

「嘿！群群才高二就長到一百八十幾了。他最臭屁了。我媽對著客人說他長得帥，他立刻回嘴說：『別讚美自己啦！因為我像妳，妳才這麼說的！』阿姨，到我家來看看嘛！您一定認不得他了。」

隔天一早，我真的就彎進巷子，找他們聊天去。發財車就是他們的菜攤子，滿滿的生鮮食物。客人來來又去去，拎走一家又一家三餐的美味。不急著趕時間的，挑挑秤秤後，就走進客廳，燒開水、泡起烏龍，甚至唱起卡拉OK。主人忙主人的，偶爾進來打聲招呼；客人則自顧自喝茶、嗑瓜子、剝水果兼聊天，比在自己家裡還自在、舒服。

馨馨向我介紹很多鄉親，有保一總隊漂亮的女警官，穿著便服涼鞋，笑嘻嘻地來買菜。有大學的教授，夫妻倆抱著兩個月大的孫兒出來曬點冬陽。大家圍著紅潤潤的小生命，又是讚美又是愛憐，婆婆媽媽們趁機提供了不少的育兒經。

馨馨去房間叫醒賴床的群群，睡眼惺忪的大男孩，一聽「教授阿姨來了！」嚇得翻身一咕嚕就爬起來，問：「是不是又要叫我背唐詩了？」這一問，惹來整屋子的笑聲。

閒談中，有人調侃大姊夫：「這年頭景氣差，沒人敢多生小孩，只有你們倆最大膽了。一口氣連生四個，註定一世拖磨受苦呦！」

「嗨！我才不怕咧！每個禮拜去山上的果園，彎下腰好好除草、施肥、澆水，頭一抬，果樹就一天天長大；果子也會從一丁點，大到一整拳。賣掉果子，我孩子們的註冊費、生活費，就有了。我當然敢生又敢養囉！」大姊夫一臉的欣慰與得意。

「那——要不要再多生幾個？我當老么當得煩死了！」小兒子促狹的開老爸玩笑。

大姊一聽，追進門來作勢打群群。一屋子又響起哈哈的大笑聲。

笑笑鬧鬧中，我隱隱約約聞到粽子飄送的香氣，從十幾年前酷熱的端午前夕，飄呀飄，飄到現在冬陽暖暖的清晨；從家庭美髮屋的小小廚房，飄散到發財車上的滿滿果菜……我耳畔彷彿再響起熟悉的聲音，溫柔中帶有俠情：「我第一次包粽子，真難看，歪七扭八的。不嫌棄的話，妳就吃吃看！」

那粒粽子呀！我品味十多年了。沒有山珍海味的奢華繁瑣，卻有竹葉、糯米、棉繩，緊緊包裹的淳厚與紮實。

一縷縷、一陣陣的粽香，盈滿我心，也盈滿了淡水河畔的小小巷弄。

——原載於二〇一三年五月十四日《人間福報》

# 孩子，跟媽媽回家

倒轉歲月，倒回到那年！

那一年，她還是河邊那所大學的小講師。天生緊張的個性，怕塞車、怕遲到；怕沒了薪水，就要喝西北風。所以，八點的課，七點不到，她就出現在校園。

來得太早了，深秋的濃霧還沒散盡，沿著一級一級的石階往山丘爬，可以撿拾隨風旋蕩的楓葉，題上幾句詩，就可以重溫少女綺麗的夢，也可以變成小禮物，換來學生們一連串的驚呼。

黑影——從岔路竄出來，她幾乎撞上去，駭然！猛地往後退，頭一抬，尖叫已飆出喉嚨，擋都擋不住。黑影也被嚇住，衝著她尷尬的一笑，露出缺了門牙的黑洞……

課還是要上的，她卻一直說錯朝代、叫錯人名、講錯內容。錯得太離譜了，只好招供：「對不起！今天早上，老師被嚇到了，三魂七魄還沒歸位！」

學生們情緒高漲了——只要離開教科書，哪有不 high 翻天的道理？

才剛剛踏上杏壇，也不過是個大孩子，怎不愛玩、愛起鬨？她高度配合，說出，哦！不！是演出，唱作俱佳的演出她所受的驚嚇：「你們知道嗎？那個老太太，一身黑衣黑褲、包黑頭巾，對著我嘴一咧，嘿！嘿！嘿！天呀！那臉、那笑聲，真的好像《白雪公主》裡的巫婆哦！」

「妳、妳胡說八道，侮辱人！妳、妳、妳道歉！」大男孩跳起來，差點撞翻桌子，食指指向她，一臉血紅，兩眼噴射熊熊怒火。

安靜了！空氣凝固了，師生對望又對立！

「喔！對不起！我不該那樣描述一個老人家！我錯了，真的錯了！請大家原諒！」她當眾深深一鞠躬。

是誠心誠意，沒有任何辯解。面對正直與正義，誰敢不低頭？

看到老師道歉了，大男孩反而不好意思起來：「老師，對不起！我、我態度不好！可是，可是，那……那是一個可憐的老媽媽呀！」

五十雙目光全部射向他，帶著滿滿的好奇與衷心的期待——好奇那背後的故事，期待那故事的震撼。

大男孩還是緊張，但是，令人莞爾的風趣、讓人心折的熱情，竟同時交融在十八歲的青澀中：

「老師！其實不瞞您說，我被驚嚇的程度，絕對不輸給妳！剛入學，無聊透頂的新生訓練一完畢，我回到宿舍就蒙頭呼呼大睡。迷迷糊糊中，有隻冰涼的手摸上我的頭頂，從頭髮、臉頰、一直摸到脖子、肩膀。接著，又有溫熱的水滴，滴在我的眼皮、我的鼻尖。我嚇醒了，猛然看見的，就是您所描述的那個老太太。我狂嗥尖叫，向後縮，她還伸手拉我，我要逃，頭卻撞著上面的床鋪，把全寢室都嚇醒！」

「後來呢？」每個人都十萬火急地追問。

「後來，宿舍管理員衝過來了，連哄帶拉，把老太太請走了！」

「再後來呢？」

「幾天後，她又來了，還是只找我，還是把我嚇到半死！門禁再怎麼森嚴，也阻擋不了一個傷心的母親……不久，我探聽出來了：老太太的兒子沒念完大學，就因為感情問題，在大學的後山自盡了。她拒絕承認、拒絕事實、拒絕一切。她覺得兒子還在，還睡在男生宿舍裡，她要叫醒兒子，要兒子跟著她一起回家。老師，都快二十年了，她還在校園裡尋尋覓覓……」

沒有一個人答腔，沒有一個人問得出話。

「知道了，就不害怕了！當老太太摸我、搖我，流著一臉的淚說：『勿要再睡了，跟媽媽回家，回咱們的家。你很久沒回家了……』我會讓她摸臉、讓她擁抱。有時，乾脆起床，挽著她的手臂走出校園，哄她上計程車……我親奶奶過世很久了，小時候，我都跟奶奶一起睡的。」

大男孩眼眶紅了，許多小女生甚至哭了……

下課鐘聲響起，大家散去。散不去的，會留在記憶很久很久！

很久很久以後，小講師在學海苦航中，慢慢升上了教授。每一年深秋，只要彎身撿起楓紅，就惦記起那位心碎的老母親。歲月悠悠，「死者已矣！生者何堪？」老阿母還在聲聲呼喚親生骨肉回家嗎？而那個懂事的大男孩，人海茫茫，你的熱情現在正溫暖何方？那天，你教了小講師很多，很多的呀！

# 答應我，要說到做到喔！

這學期上課的第一天，他走進教室，腳步有些晃蕩，卻是一臉燦爛的笑。下課後，他走向講臺，低聲說：「老師！我身體不太好，要是冒冷汗，臉色發白時，您就繼續上課，別擔心，我會自己處理，別嚇到喔！」

第一次，我是真的被嚇到了！

他對我笑了笑，笑容有些尷尬及慘然，接著，輕輕起身離座，好像只是去上一下洗手間，不到幾分鐘，又回來上課了。第二次、第三次、第四次……無數次之後，大家都習慣了。

新年前夕，他親手送上辭歲的賀卡，內容是滿滿的快樂、滿滿的感謝：「老師！我答應爸爸要好好讀書，完成大學學業。我會努力說到做到！」

學期的最後一天，他照樣晃蕩著腳步，走進教室，翻開滿滿的筆記本，複習我教過的神話、寓言、史傳、志怪、唐人小說……我瞄到他的左手留著打針用的塑膠針管，右手帶著住院的手環。

「老師！我要考八科，還真累呀！我是向醫院請假出來的！」

「你考不考都會有不錯的成績，放心！」

我不是公正的老師，更不是堅強的大人，無論上課或聊天，我都不敢注視他，我那麼愛哭，會管不住自己的眼睛！

「老師！我已經簽好安寧照護了，不需要再受苦時，就不接受折磨了！」他笑笑瞇瞇，無罣又無礙。

我咬著下脣，儘量壓抑嘴角的顫動。

他反過來逗我開心：「有位師父常去病房開導我，叫我看他師尊的照片、唸他師尊的咒語，說這樣就不會痛了。但是，我看了、唸了，還是很痛很痛！嘿！嘿！我實在不忍心告訴他：『您的師尊騙你、也騙我』。」

「對！天下的老師，常常需要騙自己也騙別人！」我腦子裡浮現一大串古今聖賢的名字、一大堆勸人、鼓舞人的勵志名言……

「別管那八科混蛋考試！請你爸爸買一些你喜歡的書或音樂給你，說不定會真正止痛的！」

「老師！我爸爸早就不在了！」

考完期末考，他晃蕩著腳步上前交卷。

我瞄一眼考卷上豐盛的答案、出席表上全勤的記錄——我終究管不住自己的一雙眼睛，淚水轟然潰堤……

「老師！再見！」他伸出大手掌，緊緊握了我一下，手心是冰涼的，臉上卻仍是燦爛的笑。

我對著他的背影喊著：「是的！再見！下學期再見！答應我，要說到做到喔！」

# 排灣族的盲眼詩人

莫那能——排灣族的盲眼詩人，大伙喊他是現代的荷馬。大學時代，漢廣詩社有詩有夢的一大群人，和他有過濃濃的革命感情。

我在校門口遇見他。他剛好跨下計程車，持著手杖、戴著墨鏡，扶著一位男學生的肩頭，準備走進校門。我驚喜異常，忍不住大叫一聲：「莫那能！」

他一愣、站住、側耳一聽，手指著我的方向，也叫道：「王瓊玲，對不對！」我立刻衝過去擁抱他，他用臺灣黑熊般厚實的手掌，用力拍拍我的背：「嘿！是妳、是妳，聲音沒變、沒變！」

扶住我的頭，他稍微退一小半步：「讓我好好『看看』妳！」

他伸手，從頭頂開始摸起我的頭髮，摸到耳後，就摸空了：「為甚麼剪掉？小姑娘打赤腳，在耳鬢插朵鵝黃的雞蛋花，甩動黑黑長長又直直的頭髮，在山林裡奔跑，有多美呀！」

「騙人，你親眼看過？」尼采說過：痛苦的人，沒有悲觀的權利。所以，大伙和他相處，都是用嬉笑怒罵的方式。

「眼雖沒看過，心倒常看到。」他回擊我一耙。

「喔！保養得不錯，但是……唉！歲月還是無情的！」他用手指輕輕撫過我的額頭及臉頰。

「要你管！」我低聲嘟囔著。

他的大拇指順勢抹去我耐不住驚喜而滑落的淚珠：「還是一樣愛哭！哭啥哭？」

「至少八九年沒見了嘛！」

「何止八九年？……妳瘦了！肩膀還是一樣硬，擔了多少重擔呀？甚麼時候才學會放鬆？『馬殺雞』對妳是無效的。」他用專業的手勁，掐了掐我的肩臂。

「誰要你管！」我再次辭窮，只能哽咽著重複這句話。

「大伙呢？各奔西東後，有沒有跟妳聯絡？」

「很少了！楚放搞九二一災區重建、白烏鴉寫詩寫小說編雜誌、林三衝衝去臺東種木瓜、黃志良教高中、路寒袖當過高雄文化局局長，你都知道吧？」

「當然！他們偶爾也會來按摩院找我，只有妳無情無義失蹤了！」

「對不起，我……我……唉！」水流雲散之後，每個人的意氣風發與柴米油鹽是同時俱存的。而我呢？則是奔波於臺北與嘉義，往來於國道和鐵道，悠悠歲月，就在車窗的裡裡外外，無情飛逝了。

「好了！好了！有啥好哀聲嘆氣的？我要去演講，來不來聽？」

「不去，會不會被你一杖打殺餵狗吃？」

「嘿！嘿！妳說呢？」

「準備講甚麼題目？」

「排灣族的禁忌與傳說」

我轉身勾住他的臂膀，挽著他，慢慢走進校園。

——好久以前，臺北市鬧區，蝸殼般大小的租屋。我和大伙打打鬧鬧中，也編織著文藝青年彩虹般的夢。當時，莫那能的眼睛尚未全盲，看得到迷朦的光影及模糊的人像。我們一心一意和上帝賽跑、搶時間，但是，當不了眼科醫生，只能當他的書僮——輪流為他唸讀詩歌及小說。魯迅、沈從文、老舍、余光中、屠格涅夫、托爾斯泰、杜思妥也夫斯基、川端康成、黃春明、張愛玲……伴我們渡過物質匱乏的學生年代、也經歷了狂飆混亂的慘綠年少。

他經歷太多生活的痛楚、生命的滄桑：不只兩眼徹底盲了；第三期的肺結核，也來湊熱鬧；惡性腫瘤也曾像幽靈般苦苦糾纏過他。但是，他挺過來了，像他臺東故鄉的土牛，強韌又壯碩。

同時與幾個病魔戰鬥時，這位嫉惡如仇的拼命三郎，就頭綁白布條，走上街頭，為華西街的雛妓吶喊、為東埔原住民被挖的祖墳奮戰、為改回祖宗姓氏奔走……而厄運卻沒徹底離開過：盲眼的他，拄著手杖，尋遍臺灣的大街小巷，才找回他失蹤多時、身心嚴重受創的妹妹。平順的日子沒過多久，父親又出了大車禍。不小心肇事的青年也是原住民，莫那能不忍心逼迫無能力的大男孩，所以，他咬緊牙根，獨自撐起醫療費用，直到父親闔眼長眠為止。我們這群窮朋友，幫不上任何大忙。

挽著他的手臂，我們一步步走著。深春，校園裡繁花錦簇，學生們熙來攘往；往事一件接著一件，像倒放的影片，一幕幕在我心頭重新放映。平生無所好，只有好哭的我，想著、想著，不禁又淚落衣襟。

他照例一路嘲笑，而我不爭氣的眼淚還是照掉……就像當年，我讀魯迅的〈藥〉給他聽，讀到革命烈士夏瑜被斬首了，吃了砍頭鮮血沾製成血饅頭的肺癆小孩也死了。清明節，兩個可憐的母親，在野外墳場相逢，互不認識，各自痛惜著自己死去的孩子。那時，我握著莫那能的手哭了。他笑笑地說：「那時代的中國，像患了肺結核的孩子。不管偏方『血饅頭』有沒有效，烈士們生前若有知，絕不會吝惜噴灑出『引刀稱一快』的鮮血，去治一治孩子的。別哭！哭啥哭！有甚麼好哭的？」

但是，等我哭完，抬起頭看他，他墨鏡下卻也滑落了兩行清淚。我終於領悟，這位拼命三郎，為何要那麼拼命了。

那是我第一次看到盲眼又肺病的他落淚——也是最後一次。

「除非生死大事，要不然排灣族的男人是不落淚的。落淚是男子漢的禁忌！」他說明原因。

「等一下演講要講這個？」

「不！要講更大更重要的禁忌。居住山林，卻讓資源可以不枯不竭的禁忌。警告妳！不許打瞌睡呦！」

「嘿！嘿！我絕不會打瞌睡，我只是倒下來睡。你又不知道！」

「好膽妳試試看！」

一陣陣春風吹起，吹動文學院前一整排燦爛的花海。迎著風，這種號稱「窮人的蘭花」的洋紫荊，也以「王者之香」的美麗舞姿，一朵一朵旋蕩飛揚起來，再優雅地一片片、一瓣瓣輕輕落地，醞染了他和我滿袖滿身的花香。花香中，瀰漫著我和他一樁樁青春的記憶。

那種有詩有夢的記憶，絕對是百無禁忌的。

——原載於二〇一三年十月二十一日《人間福報》

# 戲彩人生

王錦河／攝影

# 浩浩汗路行，悠悠梆子情

## ——《美人尖》汗路采風

「瓊玲！帶我及豫劇團隊去梅山，我要看看美麗又尖銳的女主角阿嫌，糾纏一輩子愛恨的地方。」

車水馬龍的臺北街頭，手機傳來豫劇《美人尖》導演林正盛的聲音。這位當過十二年麵包師傅，也拿過柏林影展最佳導演獎的奇男子，音質素樸又沉緩，厚實得像磐石一樣。

「好！一點都沒問題！」我歡天喜地，一口就答應了。

答應後，才驚覺問題可大著呢！

我雖是《美人尖》的小說原著者；梅山也是我生於斯、長於斯的故鄉，但是，從來沒分清楚過東西南北的大路癡，怎有能力帶領十幾個人走「汗路」？那可是二三百年來，先民肩挑重擔，上下海拔落差一千八百多公尺，一步一血汗，所踩踏出來的求生之路。雖然，蒼山翠嶺層層環繞，峭壁、峽谷、湍澗、懸瀑遍佈，處處都是美景，但也步步皆是挑戰呀！

還好，是我多慮了！當臺灣豫劇團隊的車子一開進梅山，文教基金會、愛心會及眾多鄉賢們，早已奔相走告、隆重接待。農會總幹事黃世裕先生，除了親自簡報梅山的歷史與現況外，更擺下盛宴，端出一道道在地的好料理，就只差沒鳴放禮炮、鋪設紅地毯來表達歡迎而已。

二哥王國平是盡責的專業解說志工，導引著車隊開往昔日的「梅草公路」，他蒼勁的聲音訴說著故鄉的滄桑：「這條山路可開往草嶺潭，草嶺潭是堰塞湖，有兩個日月潭大。四度因地震、水災而形成高山湖泊；四度崩堤潰岸，瞬間消失，破了全球的紀錄。」接下去他沉默了。我知道在歡樂氣氛中，這樣的事實——「每次的崩山潰潭，都造成山河變色、人命傷亡：一九五一年有七十四位國軍官兵殉難，衣冠塚及紀念碑就建在梅山公園；九二一大地震，某家族竟殉災二十九人」，他是不忍再說下去的。

往太平村路上，有全島聞名的「三十六彎」，每一彎、每一拐，都曲折如髮夾、蜿蜒如衣帶。如此險峻的公路，是昔日十八村的村民一鋤鋤、一擔擔，與天爭、跟地抗，分分寸寸修築出來的。正當彎來繞去的山路，把大伙搞得昏沉沉、暈糊糊時，耳畔卻傳來：「這樣的地方，觀看風景賞心悅目，謀生過活卻無比艱辛！難怪會造就出敢愛敢恨，拼著粉身碎骨，也要迎戰人生、承擔一切的阿嫌。」——是韋國泰先生發出悲天憫人的深層感慨。身為臺灣豫劇團的藝術總監，就是要有這樣冷靜又敏銳的心思吧！

從昔日的汗路——今日的登山步道，攀爬上大尖山、二尖山或大籠頂、祝壽山，就可遠眺蒼莽遼闊的嘉南平原。天晴時，臺灣海峽的點點船隻，歷歷在目；夜間，甚至隱約可見澎湖的燈影。起霧時，山嵐雲海霎那間就洶洶滾滾，既迎面又撲身，讓人騰雲駕霧，翩翩然若置身於人間仙境。

將近千層的石階，往溪谷一路延伸下去，頁岩與砂岩層層互疊，堆疊出鬼斧神工的山壁；再歷經漫長歲月的風蝕、雨侵、河切、溫變……「燕子崖」與「蝙蝠洞」便用驚心動魄的容貌，見證了大地的風華與滄桑。沉默的王孟超不停地按快門，專注又深邃的眼眸，讓我憶起他投注在雲門舞集《狂草》、《慾望城國》、《九歌》、《李爾王》、《樓蘭女》的心血與熱情，未來豫劇《美人尖》的舞臺設計，就更令人期待了。

瑞太古道上，無邊的竹林是洶湧的綠海。豫劇皇后王海玲豔紅的上衣，映照著滿山滿野的翠綠。綠波碧浪中，紅衣佳人的顧盼巧笑，呈現出千姿萬態的美。

曾經為明華園、河洛歌仔戲團設計過服裝；也曾為歌手周杰倫、電玩「火鳳三國」設計過造型的才子——邱聖峰，兩眼看癡了，用狂喜的語調說：「對！對！阿嫌逃婚時，就讓驚恐又憤怒的新娘，一身紅豔，飛奔於青山綠水、懸崖斷壁之間，那樣強的顏色對比、那樣烈的情感落差，將是何等的震撼呀！」

竹林裡，劉慧芬玩興大起，完全不顧編劇金筆、大學戲劇系主任的雙重頭銜，一出棍就挑戰起紅衣女。於是，兩女惡鬥，殺聲震天，攝影名家王錦河，臥倒於竹籜與雜草中，只為捕捉兩位刀馬旦飛天躍地的英姿。

瑞里的民宿，室外是逼近零度的寒夜，四周是千聲萬籟的靜寂。茗茶與咖啡的幽香，縈迴於每一個鼻尖及味蕾。從水泥叢林出來「放封」的一群人，儘管累到雙腿打哆嗦，也捨不得上床去睡。閒談中，三歲喪母的林正盛導演，訴說起慘傷的年少、困蹇的經歷，聲音如磐石，沉痛也如磐石。我偷偷迴身找手帕，一望，發現所有人的眼睛，幾乎都汪著淚光。

隔天，送別的宴席上，我慷慨「割愛」，請林導照顧我九十歲的老媽媽，他卯起來挾菜舀湯，服侍得無微不至。老媽樂得笑呵呵，林導也一臉喜滋滋。

「我老媽可以借你抱一下！」我大方地出讓。

不料，擁抱時，老媽竟然說：「要常常來看我呦！把這裡當成家，你想來就來，不必問我女兒。」臨上車，還偷偷塞給廚藝精湛的林導一大袋冬筍。

林導果然不經過我的同意，又緊緊地抱了老媽好幾下：「阿姆，放心！過幾天我就會帶一大群人再來看您了。梅山的好山好水我都會拍下來，然後在舞臺上演出來給您看喔！」

揮別前，王二哥又吊一下大家的胃口：「三月中到五月中，梅山山區有『螢火蟲祭』。螢火蟲『大發生』時，滿山遍野都是一閃一閃的小燈籠，多到一開口，就撞進嘴巴；兩手一伸，就可捕捉一小紗囊，想要發思古之幽情，過過『螢窗夜讀』的癮，一點都不難。你們相信有這種奇景嗎？但是，基於保護環境與珍重生命，不可以真的捕捉喔！」

哇！太美了！當然，沒有人敢相信！

於是，大伙約定：四月初，《美人尖》臺北首演完後，仍然要再來幾回梅山，再走幾趟汗路，既要實現「輕羅小扇『賞』流螢」的美夢，也要再反覆體會女主角阿嫌風風火火的人生。

——原載於二〇一一年三月號《聯合文學》，原題：豫劇《美人尖》汗路采風

# 一箭數鵰

## ——觀小說與戲曲中的劉姥姥

判別文學作品高低優劣的辦法有許多種，我最常用的方法是「數鵰法」。

此法既簡單又有效，即是在作品的關鍵處，數一數作者能射下幾隻鵰兒下來。普通作者僅僅是「一箭一鵰」；厲害的作者往往能「一箭雙鵰」、而了不起的作家則是「一箭數鵰」。

「一箭數鵰」——即是作者在作品中用心經營的地方，能達到好幾種特殊的效果。《紅樓夢》第七回，老僕焦大酒醉撒野的情節，便是最好的例子：焦大曾在戰場中，「從死人堆裡把太爺背了出來，得了命；自己挨著餓，卻偷了東西來給主子吃；兩日沒得水，得了半碗水給主子吃了，他自己喝馬溺。」曹雪芹簡單的兩三筆，忠心耿耿的忠僕形象已呼之而出。緊接著，借著焦大之口，道出賈家今日的富貴榮華，是其祖先經歷了「九死一生」才「掙下這個家業」。再由醉後吐真言的焦大，痛罵賈家子孫不知守成：「每日家偷狗戲雞，爬灰的爬灰，養小叔子的養小叔」，其無所不為，已達喪德敗家的地步。而其中「爬灰的爬灰，養小叔子的養小叔」一句，既回映了小說第五回「箕裘頹墮皆從敬，家業消亡首罪寧」的詩句，也埋下了第十三回「秦可卿淫喪天香樓」的伏線。所以，焦大的開罵，不啻是敲響了賈府的喪鐘。讀者用心算一算應該可算出，曹雪芹運用焦大這一枝箭，已射下幾隻超級大鵰下來了。

近日拜讀魏中、李漢雲先生原著，劉慧芬教授改編的豫劇《劉姥姥》劇本，喝采之餘，也欣見《紅樓夢》劉姥姥情節中，曹雪芹「一箭數鵰」的創作技巧，在豫劇《劉姥姥》中活潑潑地展現出來。知名小說改編成舞臺戲劇，向來就是吃力不討好的苦差事，何況是要改寫文學藝術登峰造極的《紅樓夢》！何況是要呈現家喻戶曉的經典人物——劉姥姥！此戲劇不但要挑戰《紅樓夢》「粉絲群」對情節、角色的多種品味與嚴格要求，又要通過「紅學家」複雜的考據與精密的審判；既要忠於二百多年前曹雪芹的原創精神，又要能將二十一世紀e時代的觀眾揪進劇院，讓他們乖乖在臺下，陪著劉姥姥笑、陪著劉姥姥哭……這幾乎是一場「不可能的任務」。但是編劇者不但漂亮地完成了這個艱鉅使命，且箭箭射下好幾隻大鵰，令人驚喜不斷。

戲劇中，劉姥姥第一次進大觀園，透過這位鄉下老婦人的雙眼，將賈府不可一世的富貴景象，鳳姐、平兒、周瑞家的等一干人的身份地位，甚至連賈蓉與鳳姐的曖昧關係，都具體又細膩的呈現出來。這種「旁描側寫再帶入主題」的藝術手法，正是脂硯齋批語所言《紅樓夢》「由外而內，由遠及近，由小至大」寫作技巧的發揚光大。

而整齣戲劇中，觀眾感受最深的，可能是「對比」的藝術技巧。

舉賈母和劉姥姥為例：二人雖然同樣是年邁老婦，但是前者安享富貴、兒孫滿堂，後者身處貧賤、子嗣單薄；前者體弱，後者身強；前者慷慨施恩，後者卑屈求惠；前者慈祥端莊，後者出醜露乖；前者吃一頓飯要花二十兩銀子，後者憑賞賜的二十兩銀子得以興家振業；前者需要子孫用盡心思，哄其開心，後者卻自動挺身，替晚輩尋求擺脫貧苦之法；前者不知居安思危，終至家破人亡，後者艱苦興家且感恩圖報……二位老婦雲端與泥沼般的對比差距，正是此戲劇既引人入勝又發人深省的地方。其他，如當賈府樹倒猢猻散之際，將王熙鳳女兒巧姐兒賣入娼家的，竟是骨肉至親的狠心舅舅王仁；而變賣家產拯救孤雛於火坑的，卻是受人滴水之恩便湧泉相報的劉姥姥。這些俯拾即得的對比技巧，讓整齣戲更有張力與活力。

鐘鳴鼎食的賈府，可在瞬間「忽喇喇似大廈傾」；權傾一時的鳳姐，也在此時奄奄待斃。縱觀鳳姐一生，確實是「機關算盡太聰明」：她放高利貸、苛待下人、害死賈瑞、尤二姐、張金哥夫婦……鳳姐一生唯一做過的善事，便是救濟了貧苦的劉姥姥。而當其家破人亡時，牆倒眾人推，親骨肉被賣入妓院，卻只有劉姥姥臨危仗義、且受託撫孤。因此，《劉姥姥》戲劇射下的第三隻大鵰，即是藉由流暢的劇情、生動的角色、精彩的念白唱作，擺脫道德說教的窠臼，卻明確地呈現「富貴無常、興衰有因，但為善方是正途」的主題。

《劉姥姥》劇本針對原著《紅樓夢》進行了「增、刪、改」三項功夫。這三項功夫的綜合運用，使得劇情更緊湊、生動且合理。例如：戲一開頭，便增加了劉姥姥騎驢進城，及女兒、女婿貧困到搶褲子穿的劇情，這兩段劇情，既展現了劉姥姥樂天善良的個性、王狗兒夫婦家徒四壁的窘境，也讓三位重要演員，在舞臺上盡情揮灑幽默的念白、活潑的唱腔及精湛的身段。不只如此，也讓小說中依賴女兒、女婿過活的劉姥姥獨立起來，顯得更有能力及尊嚴。而目睹夫妻搶褲子及心肝外孫哭喊饑餓的慘狀，也使得劉姥姥厚著臉皮去賈府認親求助，在宴會上裝瘋賣傻、湊興承歡的劇情，更加合情合理。

小說中，敲響賈府喪鐘的焦大，本來與劉姥姥沒甚麼重要交集；戲劇中，卻把焦大變到劉姥姥面前來酒醉撒野。在編劇技巧上，這是令人歎服的「移花接木」妙法，不僅輕輕鬆鬆地坐收曹雪芹已射下的所有大鵰，也強烈預告劇末賈府敗亡的慘變。如此一來，即使是沒看過《紅樓夢》小說的觀眾，也能迅速地了解賈府興衰之因，馬上進入劇情狀況，不致霧裡看花。

戲中又增加了農作物豐收，王狗兒夫妻在田地裡歡樂收穫及劉姥姥攜著孫兒，拖著滿載蔬菜瓜果的板車上賈府的劇情。這兩段小說中所沒有的新增劇情，強調出演員的喜感及歌舞身段，也襯托出樸實農家，夫妻意濃、祖孫情深的天倫之樂。二者雖然都僅僅是熱鬧的過場，卻也有小兵立大功的效用。

小說中，劉姥姥與寶玉、黛玉、寶釵、妙玉等人有不少互動情節；在戲劇中，所有的互動內容，全數被刪落淡化。推究其因，劇名既是《劉姥姥》，第一主角當然是非這位老太太莫屬。為了突顯第一主角，劇情重點必然要重新調整、角色戲份的多寡也要重新安排。因此，小說中最重要的主角寶、釵、黛等，在戲劇中，全數降格為近似龍套的配角，反倒是賈母、鳳姐、鴛鴦、狗兒夫婦及焦大等角色的戲份加重了、鮮活了，這也是編劇者大膽又心細的成功表現。

小說中，劉姥姥進入賈府約有六次；戲劇中，濃縮精簡為三次。小說中，狠心的舅舅王仁要將巧姐賣給外藩當偏房；戲劇中，改為被賣入娼家妓戶。小說中，鳳姐死後，劉姥姥將巧姐藏於農舍避難；戲劇中，改為劉姥姥鬻房賣田，贖回了巧姐兒，趕到病榻前見鳳姐最後一面。小說中，劉姥姥作媒將巧姐許配給周秀才；戲劇中，鳳姐亡故，劉姥姥帶走巧姐慈愛撫養……對照小說與戲劇的差異，可看出編劇者的慧眼與用心，不但使劇情發展更流暢合理、人物形象更具體亮眼；其中亦有暗合「脂硯齋批語」之處，想必會讓紅學家頷首微笑。

總而言之，豫劇《劉姥姥》的開演，是藝術界的盛事、文學界的美事。細讀《紅樓夢》原著、品味《劉姥姥》劇情，再喝采舞臺上王海玲淋漓盡致的演出，「一箭數鵰」的快感，必定是所有觀眾共同的驚喜。

# 天涯遊蹤

# 大戰綠色幽靈

綠色代表和平、代表保育、代表健康。可是，二〇〇八年，世界奧運帆船賽的前夕，山東的青島卻充斥綠色的幽靈，帶來綠色的惡臭、綠色的謊言、漫天蓋海的綠色危機。

我孤身從南京到大連，再從大連飛青島。一路上，有期待新奇的心情，也夾雜淡淡的愁緒。因為，青島是「太爺」的故土，是我小說〈老張們〉中，所有遊子魂縈夢繫的原鄉。

飛機降落前，遠遠眺望美麗的膠州灣，起起伏伏的山陵，鬱鬱蔥蔥的樹林，我終於明白清末的康有為，為何會為青島的「紅瓦綠樹、碧海藍天」而流連讚歎。

那一年的七月初，北方的暑熱竟然還在賴床，提不起肆虐的狠勁。

流亭——美麗的青島機場，白色輕鋼架的雄偉建築，還真的「名實相符」，很像迎接老友歸來、或歡送遊子出發的十里涼亭。

搭乘大巴士，經由綠蔭繁花的高速公路到達下榻的酒店，青島的整齊清淨與高度現代化，也足以令臺北羞慚。

一路上，我歡欣雀躍，確信這必是一趟「豐富之旅」。

一下車，衝進鼻子的空氣，竟不只是雜陳的五味，而是七八種臭氣的廝殺。天呀！有餿水的酸腐、有過期海鮮的腥臭、有雞屎日曬後的發酵、有豬圈飄散出來的濁氣、還有流浪者打滾塵世的衰頹……

我心一沉，從雲端墜落到冰淵，步履不禁蹣跚起來——難道所有的不堪，都是從廚房飄出來的嗎？莫非這又是一家五星級的騙局。

走進飯店大廳，牆上掛滿各國政要的簽名照。嗯！可以放心了，「海天大酒店」既是對外的窗口、國家的門面，品質想必不敢太爛。

輕輕掃描牆上的玉照，嘿！連戰、江丙坤兩位臺灣大老，也曾到此一遊。毛筆字看來不怎麼樣、題辭也普普通通，既沒有中山先生題「博愛」的厚實，也沒有毛澤東題「不登長城非好漢」的霸氣。

我聳聳肩、嘴角偷偷向上揚起。沒錯！狂飆的歷史早已隨風而逝，英雄與梟雄都不需存在的年代，不正是平凡女子可以背起行囊，闖南走北的靜好歲月嗎？

二十五公里長的海濱公園串聯成一氣，就位在酒店身後。海濤像藍裙鑲滾著白邊，聲聲拍擊著岩岸，有時是少女的低語、有時是莽夫的驃悍。

一個接一個的大廣場，碧草如茵、花木扶疏，習習的涼風捲蕩起滿眼的翠綠，翠綠當中又矗立不少大型雕塑。天然美景與人為建設，做了美妙結合。青島——絕對是山東的驕傲。

但是——好臭呀！那臭味來自天南地北、來自上下四方，讓人無所遁逃。

我密密實實地掩住口鼻，努力對抗從腹部到喉頭的痙攣，壓抑住一陣陣的反胃，慢慢靠近堤防，立刻目睹了這場驚天動地的綠色災難——滸苔大爆發。

從前，青島不是沒有過滸苔，但只出現在小小的潮間帶。生物老師上課時，還要煞費苦心找一找，才能捧起一些些美麗的藻絲，對學生們解說：「滸苔別名是：苔條，苔菜。拉丁文學名：Enteromorpha prolifera。是高蛋白、高膳食纖維、低脂肪、低熱量，且富含礦物質和維生素的天然營養食品。」

但是，二〇〇八年大爆發的滸苔，絕不是可食可親的營養點心；是蠻橫可惡，不請自來，且趕不走、除不盡的綠色幽靈。

五六月以來，這批怪物開始入侵青島、日照、膠南等海域，不斷地裂變、擴張，愈漂愈近、愈積愈多、逐漸覆蓋了三萬多平方公里，將近於整個臺灣的面積。

奧運帆船賽已選在青島舉辦，三十四支各國的帆船隊、三百多名運動員和教練，在青島練習及競賽，這是青島加速建設與發展的「大幸」。但是，繼半年多以來的：開春雪災、四川大地震、西藏動盪與東南水災，這次黃海沿岸所爆發的「苔災」，則是青島嚴重的「不幸」。既是奧運的主辦國、世界帆船賽的舉辦地點，那這場綠色災難的責任歸屬，就不能草率承認。於是，青島新聞採訪某位「環保專家」，這位「德高望重」的專家，在海邊的排放汙水口，接了一杯汙水，信誓旦旦地說：「我們的排汙口出來的水都是乾淨的。」只差沒乾杯喝盡，以茲證明而已。

青島市人民政府新聞辦公室，則召開「漂入滸苔治理工作情況新聞發佈會」，堅決否認滸苔的爆發與環境汙染有關；也聲稱這些綠色的幽靈，既無毒又無公害。

在大酒店中，看到電視、報紙上這些「五星級」的媒體報導，真是嘖嘖稱奇。我心情大壞，且一開窗就飽受滸苔的「薰陶」，真想結束旅行，打道回臺。無奈機票「緊張」，只得繼續留在這充滿綠色危機的城市。

但是，整天躲在酒店內也是痛苦不堪的。一大清晨，我便搭公車去青島十景之冠的「棧橋」，看看能不能觀覽到《旅遊指南》所讚頌的「飛閣回瀾」、「長虹遠引」美景。

一下車，真是人比沙子多呀！亂哄哄的攤販叫賣與咳痰吐地聲，讓我再次敗了遊興。唉！相見不如想念，還是回酒店孵荳芽吧！

「一、二……三、四；一、二……三、四……呵嘿……呵嘿……上……」我被整齊的口令聲震撼住，迴身一看，原來是大批人民解放軍戰鬥滸苔來了。

他們身穿深藍色的工作服、迷彩裝，下海去推、上岸去撈，一袋一袋扛去集放、再一車一車搬運走。光是運送滸苔的怪手與大卡車有二百多輛。這場艱苦慘烈的硬戰，雖不至於驚天地、泣鬼神，但還是讓人驚心動魄。

烈日當空，才十七八歲的小伙子，臉頰被曬得通紅，個個汗水溼透衣褲，而迎面來襲的綠色敵軍，頑強又勢眾，隨著海潮一波波湧至，沒完又沒了。

不只是戰士，青島的商家、住民，以及原本想戲水的遊客，也紛紛投入綠色的戰場。每天投入清除滸苔的人數就有二萬人之多。

他們浸泡在腥臭無比的「菠菜湯」中，用竹竿推、用兩手撈、用布袋裝，用人類最原始的力氣去和上天搏鬥、和大海拼命，這樣的情景叫人不動容也難。

尤其是有位老伯伯，孤身游往綠藻的最深處，一竿一竿地將綠色幽靈擒來，推交給岸上的幫手。滸苔無情、長者有義！青島政府下令全力清除滸苔之前，他早已孤身奮戰好些時日了！

他一頭灰白的頭髮、一身黝黑虯結的肌肉，彷彿是奮足追日的「夸父」、決戰不死的「刑天」，他——絕對是從《山海經》走出來，不屈不撓的偉大神祇。沉默奮戰的年老神祇，散發著無比的光與熱，把我的自私與矯情對映得倉皇失措！

沒錯！這是一場綠色的天災。但是，天災肇因於人禍，青島固然有責，難道所有地球村的住民就能置身事外麼？全球氣溫的暖化、聖嬰及反聖嬰現象、大氣層碳含量的劇增、水資源的濫用及汙染……這些因素，直接間接造成海洋滸苔的瘋長，遠在臺灣的我，就沒有助紂為虐嗎？

自命為知識份子，往往只出一張嘴或一枝筆——光說不練。面對一群努力奮戰、守護家園的戰士與人們，怎能不深深汗顏？

於是，我也脫下球鞋、捲起褲管，走入菠菜湯之中……

一個小時以後，我被敵軍徹底擊敗，不得不退出戰場了。因為再撈下去，救護人員就要來對我進行中暑急救或人工呼吸了。

我悄悄搭計程車離去，心中默默祈禱：天佑那群年輕的士兵、天佑那位奮戰不懈的老者；天佑茫茫海上一千多艘船、三千多名輪班打撈的人員……天佑堆積滸苔的場地，不要產生二次公害；天佑奧運帆船賽過後，青島不會變成韶華消逝的美人，被人遺棄！

默禱有沒有效？我不知道！我只知道，接下去三天，我兩手兩腳全是紅腫的小疹子，奇癢無比；而且，一向怕黑怕醜的我，恐怕半年也白不回來了！

# 洗耦的大叔

北臺灣有九份，假日時，千萬別去。因為，芋圓冰與臭豆腐互鬥，掩蓋了山城的古味；耐吉球鞋與阿瘦皮鞋搶路，踐踏了石板街的風華；礦坑廢棄已多時，風侵雨蝕之後，也已難追弔先民血淚斑斑的奮鬥。

九份——讓侯孝賢拍的「悲情城市」，奪得了威尼斯影展的金獅獎。

金獅獎——卻真的讓九份一步步走入悲情。

麗江古城則是比九份還要多一份——過份。

人潮多得過份、商店多得過份、河渠汙濁得過份、小吃也不潔得過份。何況肯德基炸雞雄據於街頭，可口可樂則麻痺了中外饕客的腸胃。

一九九七年十二月三日，「聯合國教科文組織世界遺產委員會」一致通過，將這座元朝忽必烈南征大理時期所修築，已八百年風霜的麗江古城，列入《世界遺產名錄》。

但是，從列入的那一刻開始，人類便逐漸失去了這座世界遺產。

因此，「茶馬古道」的餘風難存，商業怪獸吞噬全城。七彩雲南的麗江是另一座──「悲情城市」。

但是，麗江古城最不起眼的一隅，商業怪獸不屑吞噬的牆角，我卻見識到淳厚悠揚的古風。

在那裡，舊牆已傾圮，重砌的牆不夠舊也不夠新，只好杵在那兒，顯得尷尬又無聊。

有位大叔蹲在牆邊，就著奔流的河渠，一根一根漂洗著沾滿泥巴的蓮藕。他蹲著、刷著、洗著、堆排著；可能一會兒之後，就會挑著、秤著、叫賣著；家中或許有老的、長的、幼小的，正殷殷的等著、望著、期待著……

我默默看了大叔良久，想偷偷留住點甚麼。

這一幕呀！看似天長地久，卻是茫然如霧，倏忽如電。因為，人世間一切美的、古的、弱的，都會隨著悠悠逝水，蕩蕩漂走。

相機的快門聲嚇到他了，我連忙致歉。他卻一臉燦爛的笑，還要求要看看黑盒子裡頭的自己，和他一手拉拔大的蓮藕。

我們聊開了，大叔咧著缺了門牙的嘴，笑呵呵地告訴我：從他的高祖、高祖的高高祖起，就住在這座古城了。

曾經有人捧來一大疊一大疊的人民幣，要他賣掉古城內繁華街道上的家，搬去隔壁的新城居住。

他呀！捨不得老屋，更捨不得讓高祖的高高祖們走累時，找不到歇腳的地方。

所以，他只好在郊區種蓮花、賣蓮藕渡日子。

「我一個月掙個兩三千，全家吃飽穿暖，沒啥問題的！」他竟然怕我擔心，安慰起我來了。

大叔滿臉都是風霜侵蝕的刻痕；握手道別時，混合著泥巴的手掌，讓我感受到莊稼漢的溫厚，也觸摸到生活的硬繭。

臨別時，好奇的問了他的年齡——我喊他大叔，其實，他還小我一歲。

# 李先生的肯德基豔遇

雲南麗江古城外的肯德基，是令人又愛又恨的速食店。「愛」是因為逛了古城幾圈之後，就承認自己沒有銅腸鐵胃，不敢冒險挑戰鹹嘟嘟、油膩膩又黑麻麻的小吃；「恨」則是間關萬里，飛來雲之南、水之涯的「世界遺產」——麗江古城，竟然還要在八百年來挑夫、馬幫、彝族、納西族等過往神靈的注視下，吞咽那種乏香可聞，又讓人迅速發胖的垃圾食物。真是情何以堪呀？

不過，短短五天中，我和同遊的李姓夫婦，還是光顧了肯德基四次。

第二次去肯德基，李先生先突破重圍，擠身上樓去找座位；我和李太太則在滾滾人潮中，乖乖排隊苦候點餐。唉！在麗江吃頓飯，還真是不容易。

李太太早我一步先點好餐。我拾級上樓時，赫然發現她大熱天，卻寒霜滿臉，端著漢堡與炸雞，在走道上繞圈圈、踩方步。正想問她為何不就座？她對我使了個眼色、噘起嘴、嘟指著李先生的方向。

哦！有個半露香肩，披著虹彩紗巾、垂晃著大耳環、一頭烏黑亮麗、閃閃動人的長髮佳麗，正巧笑倩兮、美目盼兮和李先生聊天。李先生眉飛色舞，一付「萬里他鄉遇故知」的樂勁。

李太太兩眼露兇光、額頭暴青筋，我心知大事不妙，但家務事，神仙都難斷了，更何況我小小女子！所以，腳底立即抹油，隨時準備棄友逃命。

說時遲，那時快，有位大漢搶先一步入了座，接著又一個小小漢子，也擠進來湊熱鬧。登時情勢丕變、風雲難測。李先生形隻影單，表情看來是極不滿意，但也只好接受現況的樣子。

「慘了！仙人跳？」我猛然心一驚，沒想到護夫心切的李太太，早已一個箭步，擠到丈夫身邊：「我是他的『愛人』，發生了甚麼事？」音量不算小，還有些顫抖。第三次世界大戰好像一觸即發。

「您好！您好！敝姓劉，上海過來的。她是我愛人，這是我倆的小子。」漢子笑呵呵，伸出大手掌。李太太遲疑了一下，但臺灣風度，不能不顧，也伸手輕輕回碰一下。

豔麗的女子嫣然一笑，兩眼瞇成一對眉月：「人太多了，我和李先生商量擠一桌啦！」

李先生則是眉既難飛、色也不舞了，點點頭，微笑中似乎透露著無奈，他心裡肯定在吶喊：「苦也！我答應與妳同桌，不是與妳全家，有沒有搞錯？」

這下子，李太太臉上的寒霜瞬間解凍，熱呼呼的個性隨即發作，又是替大伙拿吸管、遞紙巾的了。

我擠在兩家五口之中，自覺礙手礙腳；且形勢未明，更不能輕舉妄動。因此，只逗弄著那七歲多的小小子說話，沒想到不逗則已，一逗就大喊救命。原來這小子有他上海父母的遺傳，一開口就是水閘頓開，洪流全洩，漫天蓋地的大水，沖得我無處可逃。

但是，他們兩對夫妻，似乎越來越「麻吉(match)」。慢慢地，我也覺得春風吹滿樓，花香滿人間了。

末了，上海佳麗建議，別去虎跳峽，原因是：「不好玩，沒啥看頭！」小小子也說：「香格里拉也甭去，坐車顛死你！」彪形大漢再附加一句：「對！瀘沽湖更想都別想，因為好山、好水、好無聊哦！」

離去前，李太太送給小小子一張CD。不過，我懷疑，這對來自黃埔灘頭、十里洋場的夫妻，以及那隻跳來蹦去的小猴子，真的會靜下心來聆聽人類遺產——「納西古樂」嗎？

我很慶幸，一場將興的干戈，談笑間，化為玉帛。回飯店的路上，正想大大地讚美李太太寬宏大量時，卻發現她不時斜著眼瞄她丈夫，三不五時，就從鼻孔「哼！」一聲。

李先生神態自若，一付「妳看甚麼看？我又不是那樣的人！妳哼甚麼哼？是她自己過來找我的」的無辜樣。

對！男人再怎麼笨，也不至於忘了肯德基的樓下，有隻母老虎正在覓食吧！

「我決定了，一定要去虎跳峽、香格里拉、瀘沽湖。」李先生突然大聲地說。咦！我耳朵沒聽錯吧？

「去就去，誰怕誰？哼！想藉此撇清關係、畫清界線吧！」看來李太太的大甕大缸，一下子全砸破了，酸不溜丟的醋，溢滿一地……

「撇清啥？大丈夫行得正、做得清，有啥界線好畫的？」嗯！果然是虎妻無犬夫，勢均力敵，有好戲可看了。

「那幹嘛一定要去別人說不好玩的地方？」

喔！喔！我還是聞到李太太強酸刺鼻的威力。

「兩位鐵娘子，請將明鏡高高懸起！妳們難道看不出來，那對夫妻雖然熱心有餘，但畢竟只是世俗中人，不是真正的玩家。所以，千萬別聽他們的。」李先生霎時義正辭嚴起來。

「哈！他明明欲蓋彌彰嘛！」我心想。嘿！沒辦法，誰教我是小小女子，用小人之心，度君子之腹，乃是人生一大樂事也；更何況他未必是真君子咧！

「哦！是嘛？剛剛她愛人、小子還沒出現前，有個大丈夫可聽得耳朵趴趴的，尾巴搖得可起勁呢！」李太太依舊酸味嗆人，看來一時間難以善後了。

「惡婆娘！將來一定下拔舌地獄！」李先生恨恨地咒著，但聲音不太大，早湮沒在車水馬龍的大街上。

漫天煙硝炮火中，我雖身陷沙場，所幸只做「壁上觀」，不但禍不相及，偶爾煽一下風、點一道火，也是樂趣無窮。再者，虎夫虎妻嘔氣互鬥，最大的受惠者還是我，因為隔天一大早，他們就拎著我出門，讓我見識到天下一大奇景——虎跳峽；還順道參拜了「慈悲大師」，眼睜睜地看他們被「扮豬吃老虎了」。這樣精彩的風景與人物，教人要遺忘也難。

所以，還是要感謝站在麗江大馬路旁，永遠笑瞇瞇的肯德基爺爺，雖然他的炸雞，一點也沒有古早味；他的建築物，也像是古城旁矗立的變形金剛。不過，他提供了窄窄天地，讓李先生有了這段小小的，但是吃不了兜著走的「豔遇」。

# 憨厚老兄與霹靂嬌娃

## ——三個騙子兩位好人首部曲

「十畝荷花魚世界」——雲南昆明翠湖公園的實景。衝冠一怒為紅顏的吳三桂、經學大師阮元、扳倒袁世凱的蔡鍔、背棄蔣介石投共的雲南省主席盧漢，都曾駐足過此地。我住的翠湖賓館，就在公園正對面。「有亭翼然，佔綠水十分之一；何時閑了，與明月對飲而三」的美景樂事，一開窗，便立即享受得到。

閒話少說，言歸正題。

第一位騙子和好人，是在搭往翠湖賓館的公車上，同時遇到的。

在中國自助旅行，下飛機後，儘量搭乘大巴士進城，因為我有過在大太陽下，被計程車司機拋棄在高速公路的慘痛經驗。此回，一下大巴士，運氣特好，公車剛好駛來，確定好路線，順勢就搭上了。

運將（司機）竟然是女的，戴著雪白的手套開車，頗是敬業；一頭細捲濃密的長髮，眼戴墨鏡、臉化淡妝。嘿！看來山之巔、水之涯的昆明，雖地處西南邊陲，卻男女就業平等、且巾幗不讓鬚眉；而這位南國佳麗，不只專業，又時髦亮眼，我心中忍不住暗暗喝采。

但是，摸遍全身口袋，卻找不到一塊的車錢。正想投十元時，一位滿面笑容、憨憨厚厚的先生，主動換零錢給我，解決我的小難題。我們便一路聊呀聊了起來：

「看妳的樣子，是來昆明玩的唄！打從哪兒來呀？」

「南方！」

「昆明天氣好，四季如春，沒南方熱，妳會喜歡的。從哪兒來的呀？廣州、香港、臺灣是唄？」

經驗告訴我，不能承認是臺灣，因「臺胞就是呆胞」。我祖籍漳州，所以順口說：「從福建來的。」

「喔！福建！福建是個好地方，我閨女就嫁在福州。」他的人本來就有點可親了，這卜子距離又拉近一些些了。

「妳要往哪兒去呀？在外可要小心！不過，昆明沒甚麼壞人，只要對黑黑著臉、下巴長長方方的西藏人，多留點心就好。」

「為甚麼？」我很好奇。

「他們從外邊來，不是本地人，手腳較不乾淨。」他左手遮著右手，右手的拇指、食指、中指捏出一個偷錢的動作。

「妳要往哪兒去呀？」

「去翠湖賓館。」

「是五星級大飯店耶！還真巧，我們同路，我帶著妳過去，有一大段路，穿街過巷的，還真難走。要不，我帶妳搭的士（計程車），可千萬別迷了路。」

「太好了！真謝謝你。」我開心極了。

奇怪！就在這節骨眼，開車的女司機，刻意拿下時髦的墨鏡，對我不停地眨眼睛？我以為她過度疲勞駕駛。唉！難道資本主義的惡習，也侵蝕到昆明邊城來了？我不禁頓生悲憫。她眨完眼睛後，又嘟起嘴、皺起鼻尖、搖好幾回頭。咦！她在對誰裝鬼臉呀？我嚴重懷疑起她的專業，又擔心起行車安全了。

憨厚先生遞給我一張名片，印刷精美。他自我介紹：「我在旅遊公司當導遊，這家是全昆明最大、最好的。我地熟人熟、萬無一失，要訂機票、玩景點、改行程，儘管找我，絕對可以打包票的。」

女司機的鬼臉越裝越離譜了。還好！我馬上要下車了。說時遲那時快，女司機眼看所有的暗示都白費，而那位憨厚老兄就要尾隨我下車。她一急，雲南妹子的嗆辣個性頓時發作，開口大罵：「翠湖賓館，妳下車向右轉，不用五分鐘就到，別傻乎乎地愣頭愣腦！那傢伙不是甚麼好東西。自己是騙子，還說別人是騙子。」

我嚇一大跳，來不及反應，也忘了道謝。下了車，貌似憨厚的賊兄，還是跟了過來。我溜進人潮洶湧的新華書店，假裝買書。良久，確定他離開後才敢出來。果然走不到五分鐘，綠荷翻浪、紅蕖飄香的翠湖公園便在望了。

我崇拜蘇東坡，他所說：「上自天子王公、下至販夫走卒，在吾眼中，未有不是之人。」是我一向學習的處世態度。也因為如此，即使百次受騙，我也不會變聰明。

回臺之後，時時懷想，天之涯、雲之南，那位「憨厚」老兄，是否仍在鑽天摩地，尋找下一個下手的對象？而戴墨鏡、秀髮披肩，擅長作鬼臉的霹靂嬌娃，是否仍在莽莽車流中行俠仗義？

——原載於二〇一二年七月二日《人間福報》

# 慈悲大師

## ——三個騙子兩位好人二部曲

芸芸眾生與萬物，都是天地逆旅、百代光陰的過客。可是，萍水相逢或素昧平生的人，只要悄悄地舉起相機，往往就抓得住永恆的剎那。反倒是刻骨銘心的人或事，是「留不得」；而且「留得，也應無益」的。

唉！沒那麼傷感及嚴重啦！我只是想說明：為何三個騙子、兩位好人，我都沒拍照存證？其實是不能也，非不為也！因為被騙得暈頭轉向或感動得涕淚縱橫時，絕對不會想到照相機的。

自從被「霹靂嬌娃」大罵愣頭愣腦（詳見〈憨厚老兄與霹靂嬌娃〉一文），我深自反省，不得不承認她眼光獨到，所罵屬實。因此，暫時放棄獨自登山臨水的雅興，開始與人結伴同樂。

來自臺南的李姓夫妻，擔任高階公務員，夫唱婦隨，模樣兒登對極了；再加上喜愛抬槓，一路上妙語如珠，是一等一的好遊伴。麗江、大理的高山大水中，我們短暫交會、相互取暖、又互放光亮。

「千山難礙一江奔」的虎跳峽，是麗江風景之最，我們結伴僱車，一起去體會大自然的奇險雄偉。一路上，雖沒有「蜀道難，難於上青天」的艱辛，但蜿蜒陡峭的滇路，也真的夠顛的了。好在千山萬壑中，蒼松招友、綠柏迎客，讓我們心情大樂。

半路，和姓司機（納西族人好多都姓和）停車休息，遙指百丈深壑下的一彎山澗，說：「這是長江第一彎，虎跳峽分上虎跳、中虎跳、下虎跳，有十八處險灘。」

李先生要笑不笑的接口：「這隻老虎跳

來跳去，飛『岩』走壁，跟我家那隻一模一樣，兇險得很耶！」李太太狠狠瞪了他一眼。

司機又指著山坡下一間古寺，熱情可感地說：「可以下去瞧瞧，我慢慢等。不趕路，一點都不著急。」

於是，我們三人就沿階而下。天雨路滑，相扶相持、顫巍巍地來到寺前。一位帶髮修行的女師父迎了出來，一襲海青，一合掌，一唱佛號，又深深一拜揖，把我們的寒意都驅走了。

她笑咪咪地介紹：「這寺呀！已有好幾百年的歷史，完全免費參觀。施主們請看：這是一代儒將曾國藩所布施的大轉輪，以生肖配合今天的時辰，右轉月數、再左轉日數，就能準確地占卜出吉凶。」

李先生報出生肖，接著左轉右轉，轉出一張小小詩籤。夫妻倆皺著眉看，搖搖頭，遞給我。虧我還在大學教詩詞，竟然也被這籤「有字天書」打敗了。

女師父帶領著我們到佛堂左側，一間小小的廂房：「大師父就在這裡面修行，他發願為眾生抒困解惑、指點迷津，要安靜聆聽。至於布施嘛！那就隨緣隨喜，絕不勉強。」

一聽是大師父，我們心中凜然升起一股敬意。進入廂房，檀香繚繞，我們塵慮盡消。桌前供養著一大盆綠滴滴的荷，幾朵紅蕖正含苞。魁梧的大師父端坐著，長得天方地圓，似乎隨時都可捻起荷花、輕輕一笑；兩道眉毛黑而濃，眉下雙眼閃耀著銳利的聰慧。一身金黃袈裟，牆旁倚著禪杖。畫像中目蓮、玄奘的莊嚴法相，也不過如此。

我們不懂佛教禮儀，只有誠心向問。他一看籤詩，再細細端詳夫妻倆：「兩位施主面相大好，男主富貴，女主興旺，日月合璧，可喜可賀。」夫妻倆頓時眉開眼笑。

「但是，最近要稍稍提防小人作梗。」

咦！我覺得怪怪的，好像被大師瞄了一下。遇過憨厚老兄之後（詳見〈憨厚老兄與霹靂嬌娃〉一文），我凡事都小心為妙，所以，剛才就力勸李先生不要碰大轉輪……莫非隔著一扇門，也難逃大師父的法眼。阿彌陀佛，我認罪！我認罪！

「不過小人作梗，也壞不了你的好事。」大師語調堅定。

沒錯！李先生還是轉了大轉輪。大師法力高強，小女子乖乖閃到一旁，再也不敢多嘴。

「施主一定是處在極高的位置，上面的人信任你、喜歡你；下面的人尊敬你、倚賴你。」

李先生馬上頷首微哂，笑容中盡是滿意。

「你們家庭和樂，理當男丁興旺。」

「沒錯！沒錯！我生了兩個兒子。」換李太太眉飛色舞起來：「我先生，喔！我愛人，他們家有三兄弟。」

「所以說——女施主命中旺夫呀！」

這下，李太太更樂不可支了。

「你們夫妻有祖先的福廕，兩個兒子則受父親的實惠。」這話，深得李先生本心，他嘆口氣說：「的確，若不是爹娘栽培，我哪有今天？而兩個孩子出國念書的錢，我早就替他們準備好了。」

「孩子自由發展，別有一番廣闊的天地。」大師再斷言。

「對！我從沒要求他們讀法律，現在一個搞經濟、一個學藝術，應該不會差到哪裡去的！」談起兒子，李先生滿臉慈愛。

「你們夫妻屬甚麼生肖？哦！都屬馬，雙馬並耕，家和族興，大好！大好！」

「大師慈悲，感恩！感恩！」夫妻倆合掌致謝，也是彬彬有禮。

「依李先生的長相，我斷言，日後必是百歲高人。」

李先生答道：「我父親今年都九十幾了，按照遺傳學，或許我也可能長壽，很多人都說我跟他是同一個模子印的。」聲音裡有藏不住的欣喜。

「不只這樣！」大師拿出一張陳舊的照片，照片裡又是一位更像目蓮或玄奘的高僧：「這是我恩師，今年法壽一百零八了，還在講經教徒，健步如飛。李先生你耳珠肥厚、額高眉長，尤其主老運的下巴，簡直跟我恩師一模一樣。」

李太太拿起相片，比對著她丈夫，嗯！嗯！點頭如搗蒜。

「李夫人，您別介意，你們雖然相差十二歲，妳大概有八十八左右的陽壽，但妳好命，李先生是百歲以上的高人，絕對來得及送妳最後一程。」

咦！李太太突然似笑非笑，表情有點不自然——希望我沒看錯。

「來！現在，你們低下頭、閉起眼，雙手交疊，扶住這尊佛，先生合手在下、太太合手在上；我雙手灌頂，為你們加持。」

我知道自己是閒雜人，在進行這莊嚴儀式時，要主動迴避。但退出室外，大師慈悲的聲音，仍字字清晰，悅我雙耳：「祈求佛尊，賜給臺灣來的李先生、李夫人，身體康健，無災無病，度一切苦厄！」

「祈求佛尊，讓臺灣來的李先生、李夫人夫妻和睦、子孝孫賢，旅途平安，遠離小人，不受欺瞞！」

再提小人，喔！我又有些敏感了。

「祈求佛尊，讓臺灣來的……」慈悲大師，喃喃祈福良久。

咦！我們都沒說，大師怎斷得出我們是臺灣來的？真厲害呀！

儀式完畢，裡面的聲音突然變小，好像在密談些甚麼，我豎起雙耳，但聽不清楚。過一會兒，李太太鐵青著臉，左手拽著她先生，右手拉著我，扭頭就走。帶髮修行的女師父跟了過來，默默地送我們上車。我眼角一瞥，正瞧見女師父偷偷對司機豎起食指，比了一個「1」的手勢。

我如丈二金剛——摸不著頭時，李太太恨恨地說：「到後來，我就覺得苗頭不對！先前還被耍得團團轉。」

「有啥不對，妳就是不高興我是百歲高人，可以為妳送終？」李先生本性不改，又抬起槓來了，只不過聲音比往常小了一些。

「好！李高人、李百歲！你說，哪裡有高僧會拿出禮金簿，強迫人當面奉獻的？」

「可是，他斷得那麼準，又說了那麼多好聽的話！」李先生真的是個好人。連我都覺得大師慈悲，捐點香油錢，沒甚麼好大驚小怪的。

「嘿！後來我才警覺到，表面上是他在看相斷命，事實上是他唏哩呼嚕地灌迷湯，我們一直被他哄著套話，又傻乎乎地主動招供。」看來李太太不只會飛「岩」走壁，還目光如炬呢！

「王小姐，妳不知道，後來那位和尚翻開禮金簿，一整本幾乎都是寫『獻金人民幣九九九元』。他一再慫恿，說九是我們最吉祥的數字，連三『九』，可保我們富貴連連，長長久久。我說出來旅行，沒帶那麼多錢。他又說：那八九九、七九九元也可以，但是就差一點了。我再強調沒帶那麼多錢，他竟然說那六九九、五九九元也還行。但是，臺灣來的，一向都捐九九九元，叫我們別放棄好運道，旅途也才保得了平安無事。」李太太越說越氣了。

「我不是沒錢，是不喜歡被勒索的感覺。」

對！我同意，這樣的吃相，的確太難看了。

「後來他乾脆不理我，轉向對我先生遊說個不停，嘿！要是錢放在他身上，以他大剌剌又怕囉嗦的個性，一定掏九九九元給那個騙子。九九九元，臺幣五千塊耶！」

李先生訕訕地微笑，沒爭辯、也沒抬槓。莫非他也覺得受騙了？可見我離開之後，廂房裡面討價還價的攻防戰，何等的慘烈。

「那後來呢？妳捐了多少才脫身？」

李先生搶著說：「就只給一百塊人民幣。還說：『我們不敢貪心，兩個九就夠了，大師父若沒一塊錢，就不用找零了。』白白聽了人家那麼多好話，真是小氣巴啦的。」

嗯！我也同意李太太真小氣。但是，腦海突然閃過女師父對司機比的暗號「1」，忍不住瞄了運將一眼。他沒察覺，神色自若地說：「一百塊，我要開半天車呢！他講十來分鐘的話就有了，又不用花油錢，很好賺囉！但別難過，才一百塊，分一分也沒多少！」

跟誰分呀？我悚然心驚，忍不住再瞄他一眼。我們相扶下階梯時，他是不是就用手機通風報信了呀？

我問起那張打敗三個人的小小詩籤。哈！慈悲大師收回去了，且半句都沒解釋。

李先生說：「沒想到還沒到虎跳峽，就先給『扮豬吃老虎』了！」我們大笑。

緊接著，夫妻倆又拌起嘴來了：「慈悲大師不知道我是可憐的『妻管嚴』，身上一毛錢也沒有，拍錯『虎屁』了。要是他講我的老婆是百歲高人，她掏錢可快得很呢！」

「胡說！百歲高人只有你當得起，別人豈敢？只不過『高人』未必『高明』而已。好！以後都叫你『李高人』。」李太太可不是省油的燈，一棒就打回去。

「可以，可以，非常樂於接受。我呀！李高人、字百歲、號『累翁』。」

「歐陽修是『醉翁』，你幹嘛號『累翁』呢？」我問。

「唉！有這種齒尖舌利的老婆，又要活到百歲，焉能不累呀！」

我們笑得打跌！

「累翁！累翁！」從麗江到大理，從大理到香港以至於回臺灣，一路上就變成李先生響噹噹的代號。

——原載於二〇一二年七月二十二日《人間福報》

# 海老大

## ——三個騙子兩位好人三部曲

海老大姓和，納西族人，本名難以考證。只因高壯孔武，個性又「阿煞力（豪爽）」，說話像轟天雷，頗具有「四海幫幫主」的架勢。所以，我與同行的李姓夫婦就直接喊他「四海大哥」，簡稱「海哥」或「海老大」。

麗江的「海哥」與臺灣的小女子，隔洋跨海的，怎可能有交集？嘿！交集線的線頭，是從臺北的「累翁」李先生那兒拉出來的，一路牽呀！連呀！拉到了「變形金剛」肯德基的樓上。

另一條線，則從上海十里洋場射出，色彩相當豔麗，拋呀！拉呀！一不小心，在小小的速食店餐桌上，兩線當場交纏住了，且纏住六個人之多。但是，纏久必分，解開後，臺北的線就纏住海老大囉！

（哈！有看沒有懂吧？小女子沒有打啞謎，請回頭拜讀小女子所寫〈李先生的肯德基豔遇〉一文吧！保證精彩，且讓人恍然大悟。）

自從李先生在肯德基邂逅豔遇後，太座就打翻醋缸醋甕，把他修理得灰頭土臉。為了自清，他堅持要去上海美少婦所說：「不好玩，沒啥看頭」的虎跳峽；且拒絕僱用她所推薦的司機。

李太太為了抬槓及扳回一城，卻堅持要請那位和姓司機開車。

好！這下子兩人一比一，打成平手，關鍵票便落在小女子我的手中。察言觀色後，我八面玲瓏地各投一票，誰也沒得罪。嘿！教那麼久的《左傳》，退則明哲保身，進則長袖善舞的處世哲學，早運用自如了。

但是，我還是加了一條小「但書」。那就是：去虎跳峽，司機姓和也可以，但絕不可以一邊開車，一邊吞雲吐霧。

據說，這類「但書」，在號稱禮儀之邦的中國大陸，是既無理又違背人性的。還好，和先生竟然答應了。

於是，海老大就成為我們遊覽麗江的專任司機、兼任導遊了。

一見面，很難不被「四海幫幫主」給震懾住。他人高馬大，口才一流，指東畫西的，表情異常生動，常逗得我們捧腹大笑。他又擅長誇飾與比興，往往小小情事，被他口講指畫，立刻趣味橫生。例如：商業盤據、人聲喧騰的麗江古城，被他說成是人比樹多的「動物園」；而綠柳低撫、清渠環遶的束河古鎮，則是樹比人多的「植物園」。其用字遣詞，通俗又貼切，極符合儒家「能近取譬，可謂仁之方也矣」的教育理念，看來很適合在大學教書呢！

一路上，海哥用「金沙江姑娘輕歌曼舞七晝夜，終於讓玉龍山、巴哈山兩兄弟沉入夢鄉。最後，姑娘再奮力一擊，衝破阻擋的石門，奔騰歡呼，追尋東海情郎去也！」的神話，精彩地詮釋虎跳峽谷的雄奇險峻；也讓本來被滇路顛得七葷八素的我，一下子就回過神；悠悠然幻想起：金沙江姑娘投進東海情郎懷裡時的旖旎與爛漫……

李先生非常滿意海哥的服務，李太太更是有「推舉英才」的得意；而我則是暗喜關鍵票沒錯投。

可是……可是，參拜過「慈悲大師」，被「扮豬吃老虎」之後，我又眼尖，瞥見女師父對海老大使眼色、比手勢（詳見〈慈悲大師〉一文），心裡就開始犯嘀咕。但是，一來不敢確定是否眼花；二來不忍心讓「兩隻老虎」上當後又雪上加霜；三來打死也不想承認自己的票「所投非人」，所以我一路隱忍不發。

看完自然奇景虎跳峽後，我覺得海哥開車有些焦躁。半路上，他看到路旁一字排開的地攤，高興地說：「我想買些『菌子』回家（麗江人稱蕈菇類為菌子），煮湯、炒肉都好吃得不得了。」

我們也很高興地下了車拍照休息，各種碩大鮮豔的「菌子」，令三個都市佬大開眼界。只是飯店裡苦無廚房，要不然小女子一定大買特買，好好炫耀一下三腳貓的廚藝。

不過菌子太鮮豔，會不會有毒？我頓時想起嚐百草，中毒七次，黑鬚黑臉的神農氏。嗯！看來天生駑鈍，缺乏納西人辨識能力的小女子，還是乖乖看一看，偷拍幾張相片就好了。

過了好一會兒，海老大連抽了兩支菸，才心氣平順地打開車門。一上車，他就撥打手機，嘰哩咕嚕講起納西話。講完再回頭笑著說：「我愛人說一早她就入山採了不少菌子，不必買了。」

「你老好命呦！住在可以隨時採菌子的地方。我就沒那種命哦！」李太太驚歎連連。

「你老有既賢慧又不尖嘴利舌的老婆，幸福呦！我也沒那種命呦！」李先生竟也跟著長吁短歎。

而我內心卻又是一陣嘀咕：「哼！騙誰呀？手機訊號燈根本沒亮。沒開機，你跟鬼通話呀？」坐在駕駛座旁邊的我，可看得一清二楚呢！

不過轉念一想，海老大是菸癮難耐，又不敢明講，才自導自演這齣漏洞百出的戲碼，也算是尊重消費者，又用心良苦了。

在大陸，我遇過太多太多對著別人噴濃煙的大菸槍，其中不乏是「大老」或「領導」，甚至在國際會議等極正式的場合，他們照樣「煙囪」林立、我行我素。海老大能委屈求全，太難得了！我頓時對他青睞有加，不再挑剔找碴了。

才下午兩點多，日頭還早，我們要求再去「束河古鎮」一趟。海老大欣然同意，因為他老家就在古鎮裡面。放我們下車時，李太太溫柔地說：「海哥辛苦了，先回家睡個午覺。我們自己走走逛逛，暫時不麻煩你了。」

海老大再一次欣然同意。我們四人約好六點鐘，準時相會於鋪滿青板石的四方街大廣場。

束河古鎮真是美呀！我們走東行西，一邊讚嘆一邊拍照，恨不得撕掉機票，長留在這人間仙境。

六點鐘，準時回到大廣場，左等右等，海老大卻是緲無蹤影。我們先阿Q地想：「好吧！多看看這充滿納西古風的八百年廣場，這麼美的地方，『別時容易見時難』呀！」

但再美的地方，下起滂沱大雨，又枯站兩小時後，就……不太美了。

八點鐘，海老大終於姍姍來遲，一臉歉意，囁囁嚅嚅地：「我車子拋錨了，壞在半路。花了『九牛二虎，外加兩頭象』的力氣，還是修不好。為了怕耽誤你們，就借用我弟弟的車趕過來了。」

這一趕，也趕太久了吧？都超過兩個鐘頭了。

但是……好吧！好吧！有來就好。名山勝水中，人的心胸要開闊、要寬廣，不要亂起嗔怒。要不然，佛祖、阿拉、耶穌都會一起不高興的。於是，我們又主動澆熄了怒火。

車上，海老大又打手機了，問修車廠車子的狀況。聽口氣，情況好像不太妙。這下子，激發起李太太的「不忍人之心」，多給他一百塊人民幣當補助金，又約好明天的行程。

我拼命回過頭，對後座的夫妻眨眼、皺鼻、嘟嘴又搖頭（沒錯，就是跟昆明開公車霹靂嬌娃學的，有興趣請看〈憨厚老兄與霹靂嬌娃〉）。

可是，天色太暗了，他們都看不見。

為何要拼命裝鬼臉暗示？因為，我又千真萬確地看到手機訊號燈沒亮。雖然鬼月快到了，但我打死也不相信，沒開手機可以按號碼、通電話？

回飯店後，我向他們示警，夫妻倆卻哈哈大笑，說我人未老、眼先花，那麼大器的「四海幫幫主」，怎可能玩小花樣？勸我別見過憨厚老兄及慈悲大師後，就覺得人人是騙子。我碰了一鼻子灰。也罷！識人不明、看人不清，本來就是我的特長兼專利。物華神州，大山大水的，我還小鼻子、小眼睛的幹啥？

第二天，海老大又再一次遲到了。我努力告誡自己：半個鐘頭只不過是一彈指，「時間」在臺北會困人、傷人；但是，在麗江，時間是悠悠長河，可洄溯、可逆轉，沒一定的渠道和流速要遵行的。

海哥終於來了。這回，還夾帶一位「海弟」——他的親兄弟，來為他昨日的大遲到、今日的小遲到致歉。海弟自願義務當司機，海哥專職當導遊，二人服務，不加價一毛錢。善良的小女子我，怎會白白佔人家的便宜。回飯店前，大方的我，也多給海老弟一百元人民幣當小費。

這天，我們一路去「拉市海」騎馬，走茶馬古道到「美泉」；再去參觀清初吳三桂用純銅重鑄，總重量高達二百五十噸的「中國現存最大純銅鑄殿——金殿」；以及納西族、白族、彝族向自然諸神悔過立誓的聖地——「玉水寨」。

當然，這些地方，歷史的意義或風景的優美，都讓人震撼得無話可說。但是——門票也貴得無話可說。我不禁懷疑，升斗小民及窮學生們，要怎樣省吃儉用，才看得到這些屬於全人類的文化遺產？

社會主義，不是最照顧廣大辛苦的農、工大眾嗎？現在專政及執政的，真的是無產階級嗎？為何遺忘、甚至擯斥了真正的「無產百姓」呀？

我心有些作痛了……不只是我；李太太看來也心事重重——嗯！可能是英「雌」所恨略同吧？

隔天，我們告別麗江，坐上高速大巴士，前往大理。李太太悄悄對我說：「海老大、海老二，兄弟倆壓根都是騙子！」

「為甚麼？」我大吃一驚。

「海老二在車上與我們聊天；海老大下車替我們買門票。其實接過來一看，就知道票絕不是新買的。帶我們入場時，他把票在收票員面前晃一下，就再偷偷地放進口袋。從頭到尾，賣票、驗票的一幫傢伙都睜一隻眼、閉一隻眼，分明是相互勾結，狼狽為奸呀！」

這下子，換她人既不老、眼也沒花了。

「妳怎麼不早說？我們當場抓鬼，給他們好看。」我義憤填膺、咬牙切齒。

「別傻了！強龍壓得垮地頭蛇嗎？何況，妳別看我家那口子，平時嬉笑怒罵，一付好好先生的模樣。其實，他骨子裡性烈如火，腦筋比水泥還要硬。妳說，他一個人打得過兩個彪形大漢嗎？我們兩個女的，只會耍嘴皮子，連花拳繡腿都算不上。一有差池，還回得了家嗎？」

哦！這對賢伉儷，雖然一路抬槓，但相知相惜的程度，還真是少見呀！

我心裡搭搭搭地撥起算盤珠子：每個人騎馬三百六十元、金殿八十元、玉水寨一百二十元。三人共一千六百八十元，折合新臺幣八千四百元。天呀！一天之內，海老大及幾個小嘍，就汙了我們每人；不，汙了中國那麼多錢呀！

我們一行只有三個人，他是九人座的廂型車，若來了九個人，他不賺死、撐死才怪。

難怪，一路上他得意洋洋地炫耀：他在新城買了三座大屋；東河古鎮的祖傳房子，早就舊了、不住了，但因位在炙手可熱的老街上，行情「火」得很，只要價錢一談妥，馬上就脫手。

哦！難怪呀難怪！他那麼不守時、不敬業，其原因非同小可呀！而前一日，他爽朗地逗我們開心，低聲下氣地打假電話。原來，就等著今天要抓大魚。

當然，帶著海老二一起來撒網，肯定是要的。因為「兄弟同心，其利『得』金」呀！

我腦海裡浮起另一個畫面——麗江古城邊，洗蓮藕的小販。他咧著缺門牙的嘴，笑嘻嘻地對我說：「從我高祖、高祖的高高祖起，就住在古城裡了，有人主動捧來了疊起來像座小丘的人民幣，我也捨不得賣老屋遷去新城住。因為我不忍心高祖與高高祖，找不到老家可回，找不到凳子可歇歇腳、打打盹。我種蓮、賣藕，一個月掙個一兩千，吃飽穿暖，沒啥問題的。」（詳見〈洗藕的大叔〉一文）

小販的憨直對照著海老大的市儈，我一整顆心被緊緊揪住，從麗江到大理，四個小時的旅程，沿途山明水秀。可是，我再也笑不出來了。

——原載於二〇一二年八月十九、二十日《人間福報》

# 只為觸摸妳的指尖

雄偉的高山、青翠的草地、蜿蜒的溪流、美麗的湖泊——世外桃源的西藏，流傳著一則又一則淒美的愛情故事。

在前往三大聖湖之一的「羊卓雍措湖」途中，盡責的年輕導遊，轉述了達賴六世悲苦纏綿的一生：

蒼央嘉措（生於康熙二十二年，一六八三年），十四歲的花樣年華，早熟的他，正與心愛的姑娘，在世界最高、最偉大的高原，談著清清純純的戀愛。

不料，有一天，他突然被徵還為轉世再生的靈童，必須辭別所愛、拋棄家園，去擔任西藏萬人尊崇的政治、宗教領袖——「第六世達賴喇嘛」。

為了所愛，蒼央嘉措抵死不從。當他的老師——班禪五世，要他受「比丘戒」時，他更是要求老師一併收回「出家戒」和「沙彌戒」。他長跪叩首、淚流滿面地懇求：「若不能交回以前所受的出家戒及沙彌戒，我將面向扎什倫布寺而自殺。二者當中，請擇其一！」

可是，形勢比人強，蒼央嘉措的奮鬥與掙扎，戰勝不了嚴密堅固的「轉世制度」。於是，他只能住進布達拉宮，當起了痛苦無比的「達賴六世」。

「達賴六世」天生多情，他一生愛詩、愛畫、愛所有真與美的事物。高聳巍峨的布達拉宮，變成他心靈的囚牢；解苦救難、辨經傳道的職責，日日夜夜，年年歲歲，煎熬著他不得自主的靈魂。悲傷的他，寫下了這首絕句：

曾慮多情損梵行，入山又恐別傾城，
世間安得雙全法？不負如來不負卿。

他一遍遍自問、也一遍遍自責，字字句句都是慘烈的天人交戰。

傳說布達拉宮的最底層，有一條祕道，是達賴六世與心愛的姑娘偷偷幽會之所。後來，政治的鬥爭與宗派的傾軋，奪走了他的頭銜、銷毀了他的愛情與夢想。康熙四十五年（一七〇六年）他失蹤了！

有人說：敵人炮轟寺廟時，他自願受縛受刑，以挽救喇嘛們的大量傷亡。有人說：他逃出雪鄉，自我渡化，不知所終……

但是，他心愛姑娘的屍首卻出現了，在西藏最美麗的大河——雅魯藏布江，而且，懷著小小的身孕。

車窗外，飛逝著亙古不變的山光水影；車窗裡，我的心隱隱抽痛，一陣又一陣，依稀看到了傳說中那對小兒女的癡戀、掙扎與訣別。

我心底一遍遍默誦著蒼央嘉措——達賴六世的最後一首情詩——是他與愛人在生死永別之前，所寫下的哀歌：

那一天！
我閉目在經殿的香霧中，
驀然——聽見妳誦經的真言。

那一月！
我搖動所有的經筒。

不為超渡，
只為觸摸妳的指尖。

那一年！
我磕長頭、匍匐於山路。
不為覲見，
只為貼著妳的溫暖。

那一世！
我轉山、轉水、轉佛塔。
不為修來世，
只為途中與妳相見。
……
只是呀！就在那一夜！

我忘卻了所有，
拋卻了信仰，
捨棄的輪迴！
只為，那曾在佛前哭泣的玫瑰，
早已失去舊日的光澤。
……

西藏——世界的屋頂，晴空萬里、纖塵不染。璀璨的愛情傳說，照映著大山大湖，這時，就讓學術考證休息去吧！人世間的浪漫與情義，不是邏輯的推理與考證，就可以獲得的！

# 執子之手，與子乞討

山東青島的海濱公園，他拄著拐杖，看不到任何人、任何路。

她牽著他的手，小小心心走每一步路、上上下下踏每一個臺階。

走近遊客身旁時，她伸出手掌，手心向上，很小的動作，很低的聲音：「大叔，我們餓！」……「大姊，我們餓！」……

大叔與大姊閃得很快。所以，他們只能一遍遍重複訴說著餓。

胖圓圓的大嬸帶著孫兒出來玩。孫兒四五歲，小猴猻似的精靈，卻一臉怨氣，噘著小嘴巴大鬧彆扭。

大嬸被惹煩了，氣急敗壞，嗓門拉得特高：「要這個就買這個，要那個就買那個，你當奶奶是財神爺呀！買來了你又不吃。好！不吃！不吃、看我送人去！」

拎著紙袋，飛快走向前，手臂一伸，麥當勞就變成祖孫賭氣的禮物了。

倆老喜出望外，千恩萬謝的接下了。小娃兒卻急了，往地上一坐，踢蹬著肥嘟嘟的小腿，張開喉嚨就是大哭。

——原來，不喜歡並不代表不想要；失去的絕對比擁有的珍貴。

她蹲下身、笑瞇瞇把熱呼呼的麥當勞奉還給娃兒：「你吃、你吃，咱倆老了，牙崩壞了，啃不動。你吃！乖乖吃！別惹你奶奶生氣。」

小孩不哭了，伸手就是一搶，搶回失而復得的美味，兩手緊緊護著，躲到大嬸身後，還不時歪探出半個身子，滿眼警戒，察看他心中的掠奪者。

大嬸有些尷尬，咧著嘴對倆老笑笑：「這娃兒壞！脾氣拗，拗得跟牛似的！」

接著，用關心來化解尷尬、代替賠罪：「七月天！您倆老穿得特多！不嫌熱？」

「不！不熱、不熱！晚上涼，多穿不凍著。」她還是一臉笑意，似乎有人閒聊，就是天賜的溫暖。

「晚上在哪兒睡呀？」大嬸的好奇心倒是被撩撥起來，話匣子試探性的開了一條縫。

「哪兒都能睡，處處為家處處家呀！」她笑得燦爛，人間一點也不風涼。

「倆老沒生兒子、閨女麼？怎丟著不管？他老的眼睛為啥看不見？多久啦？」話匣子大大敞開，要替世間鳴起不平來了。

「唉！命！都是命呦！就甭提了、甭提了！」面對大哉問，她搖搖頭、搖搖手，卻還是沒將笑容搖落。

「您倆老從哪邊過來？要往哪邊去呀？」話匣子問不出過往滄桑，只好旁敲側擊，問點小插曲。是小哉問沒錯，卻帶著那麼一點禪味！

「哪邊都可以來來去去呀！」她還是笑著，緊緊拉著老伴的手，蹣跚地離開。

小小猴猻趁著奶奶不注意，轉頭就把麥當勞丟進垃圾桶——他還是沒吃，紙袋沉甸甸的，裡面有三分之二個勁辣雞腿堡、半杯可樂，以及一大盒麥克雞塊……

海上刮起了陣風，蒸蒸騰騰的霧氣，浸透了整個海灣。

海灣的轉角處，兩個蒼老卻相依的身影，慢慢走遠了、不見了！大哉問、小哉問，都留給颼颼的海風、茫茫的白霧了！

# 山東老外

哪一國來的兩個大漢？比山東大漢更大漢！

哪裡學來的殺價？比熟門熟路的大妗、大嬸還兇狠！

穿白襯衫的，看上了一串珊瑚項鍊，手才剛剛伸過去；露一胸金毛的，往他手背用力一拍，劈頭劈臉就一陣對嗆：

「醜不拉嘰的！還看！有啥可看的？買下了，你就他媽的『吃了昧心食，放了啞巴屁！』」

——天呀！竟然是正正規規、如假包換的山東腔、青島調。

白襯衫聳一聳肩、悻悻然縮了手。向前逛過一兩個攤位，又拿起一尊觀音雕像，前端後詳、左瞧右看起來了。

小販趕緊靠了過來，陪著一臉的笑："May I help you? Sir." 大海港的小攤販，洋文說起來

雖然生澀，但還是有模有樣的。

「這是啥？哪省哪縣弄過來的？別唬弄咱！」他不只露出一胸猩猩毛，也露出一臉精明、一肚狐疑。

小販先是一愣，立刻改換聲帶：「這是百分之一百，純色純份、和闐開採的羊脂玉哪！」——遇上會講「普通話」的洋鬼子，皮可要繃緊一點囉！

「屁啦！你吃了豬油蒙了心、踩了狗屎臭了嘴！這是哪門子的和闐羊脂玉？也不灑泡尿當鏡子照照！睜眼瞎子也看得出是冒牌貨。」白襯衫很雪白，口氣及詞彙，卻一點也不乾淨。

「嘿！你這老小子，竟看得出是冒牌貨？不容易嘛！眼睛果然睜得挺大的！」——咦！露胸毛的竟然炮口朝內，轟炸起自家人來了。

白襯衫挨了炮彈，卻仰頭哈哈大笑。他塊頭大、腰圍粗，肚量當然也不小。

「說！多少『子兒』賣？」

——山東話「子兒」，就是古人文謅謅的「孔方兄」、呆胞（臺胞）口中的「孫中山」啦！

「嗯……好吧！看在倆老會說山東話的份上，兩千塊人民幣就賣啦！」——沒想到小小攤販，卻是一頭能征善戰的猛獅，對著獵物一張嘴，就是血盆大口哩！

露胸毛的一聽，立刻露出一臉兇相：「你吃人不吐骨頭咧！這是啥嘮子假貨？欺負咱是人生地不熟的老外，走！找公安評理去！」

「你他娘的呆雞！公安跟他是同國的，找了有啥屁用！說你笨，你還不承認呢！」白襯衫耍的是雙頭鐵槍，一頭殺向攤販，一頭刺向盟友。

原來，大漢報仇，三分鐘都嫌太晚，怎會白白等上三年。

露胸毛的也很龜毛。被同袍刺了一記回馬槍，一臉的不甘，大聲嚷著：「走人！走人！想買的是傻蛋，要賣的是混蛋。呂洞賓被瘋狗咬了，沒啥好說的了！」

罵完兩個「蛋」之後，他真的端起架子，當起高高在上的「呂太祖」、「呂神仙」，袖手旁觀，不管紅塵俗事了。

白襯衫孤軍繼續浴血奮戰：「啥嘮子的和闐羊脂玉？不溫不潤的，比緬甸玉還差上百來丈，你吃了熊心豹子膽，也敢胡冒瞎混？」

「不買就甭買！別杵在這兒卯起來糟蹋人、糟蹋好東西。」小販一把搶過觀世音菩薩，狠狠地下起逐客令。山東騾子脾氣特硬，摸逆了毛，是不惜拼命的。

「說得沒錯，雖是質地差，可雕工倒是不差！」嘿！原來白襯衫也怕惡人。嗓門一低，又拿起觀音大士，左看看、右瞧瞧了……

本來嘛！強龍再猛、再厲害，也壓不死地頭蛇；何況，他又新遭盟友背叛，那敢逞強？識時務者不一定是俊傑，但至少不會變成大狗熊！

「您識貨、您內行！雕工實實在在是好得不得了！」山東拗騾子被摸順了毛，仰起頭、抖起鬃，嘶嘶高鳴起來，幾乎把白襯衫當成伯樂爺爺了。

可是——他只聽到前後兩句好聽的話，漏掉中間的關鍵句子。

「既然你承認質地差！」——唉！這下子被逮個正著，笨騾子就被鞍繩緊緊套牢，跑也跑不掉了！

「那——我說呀！」——我的媽呀！老外竟然懂得用這句山東開場白！那接下去的耳提面命、長篇大論是免不了的了：「傻小子，你蒙頭蒙臉不曉得厲害！寺廟裡的大法師說：觀世音菩薩刻得好，不必『開光點眼』就已經是大神了。你隨隨便便將靈靈聖聖的大神，夯不郎噹地擺在攤位上，任祂受海風吹、被烈日曬，真是向閻王老爺借天大的膽子。觀世音大神忙著救苦救難，不計小人過，不想跟你計較，這也就罷了；你還敢鐵了心、硬了腸，拿祂來賺黑心錢！就不怕天打雷霹呀？」

大漢抬出了觀音大神、霹靂雷火，小販立刻縮脖縮腦、唯唯諾諾，道起歉來：「這……這……對不住，您老別生氣呀！」

這一道歉，不只是山東騾子被套牢了；就算花果山七十二變的潑猴，也被戴上緊箍帽兒了。

「那你實說，要多少『子兒』，你就出手賣；要不！咱們縮手走人，觀音菩薩遲早算你的爛帳。」露胸毛的眼看白襯衫大勝在握，自己豈能龜縮？於是披甲戴盔，提刀帶槍，重新衝上戰場了。

「五百元成交吧！」小販一副壯士斷腕的慘烈。

「五百？哼？就二百！不然，走人。」

「您老，行行好吧！就三百！我家中老老小小不能不吃飯哪！」

「再說！再還價！咱們就『噗啦噗啦腚（拍拍屁股）』走人。不賣也好，等著大神來『照料』你唄！」

「好！好！就忍痛割愛求平安吧！」小販快快包裝起「燙手的山芋」，急慌慌地要送走兩位大漢。

沒想到白襯衫順手拿起一串珊瑚項鍊，斬釘截鐵地說：「附送這條？不然，免談！」

小販認栽了，點頭如搗蒜，只求兩位瘟神早點上路……

兩位瘟神面帶得意，步履輕快，笑嘻嘻地走了……

但是，那笑容沒能維持太久——

因為，再往前不到一百公尺，同款同樣的觀世音菩薩，才賣五十元而已；而那條珊瑚項鍊，是塑膠做的……

# 龍年有約

## ——遊彰化、賞花燈

雍容的八卦山、壯闊的海峽、豐沃的平原，薈萃出中部潤澤多彩的明珠——彰化。它不只是陽光大縣、臺灣穀倉，更是文化的古都、藝文的原鄉。

很榮幸的，我是彰化的終身文化志工，對這顆美麗的明珠，有著深厚的情誼。每次參與各項藝文活動之後，我總喜歡獨自穿街走巷，深入市鎮去尋找小吃、聆聽戲曲、參訪古廟、書院、文物館，並拜謁薪傳大師，用最虔敬的心思，品味古都的萬種風情。時間若多一些，我會邀集三五好友，驅車直奔海港漁村，不管是採蚵、戲蝦、觀夕照、大啖海鮮，都讓我們歡笑連連。至於騎鐵馬去追風、賞鷹、觀花、採果、品美酒、訪老樹……那更是倥傯人生中，既奢華又難忘的享受了。

二〇一二年，臺灣的龍年大燈會在彰化舉辦，長期的籌備、空前的盛況，一直是海內外遊客引頸期盼的大事。期盼著——優美、幽古、又悠閒的鹿港小鎮，呈現出人間最歡騰的喜樂、閃射著寶島最絢爛的光華。

「白天遊彰化、晚上看花燈」不是打出來的廣告，是一個歡樂的建議、一份貼心的規畫，以及一種誠摯又熱情的邀請。

是的！不管是搭高鐵、乘臺鐵、坐大巴士，都有專車接駁到燈會區，節能減碳之餘，又可免去塞擠與摸索的勞頓。來到彰化，何妨先去瞻仰獨特的地標——八卦山大佛。翻開四十歲以上臺灣住民的相簿，大都有幾張與二十二公尺高黑身大佛合影的照片，不管當年是搔首弄姿的春風少年、相倚相偎的情侶檔，或是被牽被抱的小小孩童，只要回憶起鎂光燈閃起的剎那，都會湧現出絲絲縷縷的感動。

由大佛往山下走，就可以直接走入時光隧道。在逼真的「一八九五八卦山抗日保台史蹟館」內，可目睹臺民抗日的悲壯，對年輕人而言，異族侵凌的砲火，就不會只轟炸在薄薄的教科書裡了。

來到鐵路山海兩線交會的彰化，一定要去參觀「扇形車庫」。這座以調車轉盤為中心，輻射出十二股車道，呈半圓弧狀的火車庫，真的很像一把風韻瀟灑的摺扇。它建於一九二二年，是臺灣碩果僅存、且還在運作、又開放參觀的調撥車庫。能看到南下北上火車頭的調轉，必有不虛此行的快感。

車庫內的「CK101 號蒸汽機車」，一九一七年從日本入籍，服務臺灣六十二年後才退休。沒想到，一九九八年在臺鐵人員神乎其技的修復下，年近百歲的火車頭爺爺，竟然復駛成功，還完成了「CK101 環島懷舊之旅」。此奇蹟似的壯舉，讓臺灣、日本，乃至全世界的鐵道迷都為之瘋狂，所以，無論如何，都要去瞻仰他老當益壯的丰采。

走累了，彰化三寶——最好吃的肉圓、貓鼠麵、爌肉飯，都在等著您。口齒留香之際，容我告訴您：年年如火如荼的「葡萄公主選拔比賽」，成功行銷了彰化葡萄，讓產值從億位數一路飆升到二十二億。而「拼才藝、救產業」的比賽宗旨與辦法，就是三年前，卓伯源縣長與我、李昂、焦桐、林黛嫚等藝文界朋友，在貓鼠麵店中小小的餐桌上規畫出來的。

順著陳稜路向前走，偌大的古舊建築，矗立於眼前，那就是「彰化鐵路醫院」。請仔細抬眼凝望它，千萬別嫌它衰老疲憊，因為在臺灣的建築史上，它曾是「日治時代最前衛的作品之一」。也只有它，先後經歷了「執壺賣笑」與「懸壺行醫」兩種天差地別的特殊生涯。

「執壺賣笑」期，它名叫「高賓閣酒家」，始於一九三七年。醇酒、藝旦、那卡西走唱，它是紙醉金迷的銷金窟沒錯；但是，文人雅聚於此，談文論藝、批判時政，也讓它宛若人文沙龍。臺灣新文學之父賴和、醫學之父杜聰明，都曾在此高談闊論，留下珍貴的寫真史料。「懸壺行醫」期，是在二次大戰後，它被收購為鐵路診所，一九七一年擴大為鐵路醫院。視病猶親的醫療服務，成為彰化人重要的生活記憶。一九八四年，醫院吹起了熄燈號，幾經滄桑，它差點被夷為平地，改建成停車場。所幸在各界的搶救下，已被訂為縣級古蹟。走過繁華與悲涼，老建築的蛻變與重生，是我們衷心期待的。

燈會期間，不人擠人，哪有國泰民安的歡慶感？

來到鹿港，即使人潮滾滾，還是要去龍山寺走走。九二一大地震，曾重創了這座建於乾隆五十一年（一七八六年）的國家一級古蹟，所幸鹿港出身的企業「寶成國際集團」，捐資兩億多、耗時七年餘，終於重現昔日「臺灣的紫禁城」的舊觀，且被「米其林綠色指南」評為最高的三星級景點。寶成集團愛鄉土、護文物的用心，樹立了企業界不朽的典範。

鹿港是數百年的古鎮，三步一宮廟、五步一景點：天后宮、興安宮、文武廟、三山國王廟、丁家古厝、摸乳巷、甕牆、半邊井……處處匯流著文化與人情的豐美。而蝦猴、蚵仔煎、西施舌、鳳眼糕、牛舌餅、麵線糊……道道地地的鹿港小吃，更是物美價廉的人間美味。

口嚐美食、眼觀景物，忙得不亦樂乎之際，千萬別錯過元宵節下午一點半，在中山路的

「千里龍廊」，有「藝陣大車拚」的踩街活動。鹿港小九天的開路鼓、玉渠宮的三姑六婆高蹺陣、集英宮的七番弄等，都是親切精彩的本土藝陣；而遠來助陣的日本迪士尼百人團隊，則增添了國際性的歡樂元素，可看度必然更提升、更熱烈了。

晚間，仰望莊嚴慈藹的龍年副燈——「天上聖母」，無論是海上或陸上的子民，都會肅然升起一股孺慕之情。人世無常、生命唯艱，有神界慈母的撫慰，再加上千里眼、順風耳的幫忙，臺灣打拼起來就更有力氣了。至於二十公尺高，四十噸重，超過二十萬顆LED燈所打造出來的龍年主燈——「龍翔霞蔚」，更是磅礡雄偉。看七彩神龍，翻騰在雲海巨浪之上，千帆祥聚，萬福同臨，那是龍年的祝願，也是薄海騰歡的象徵。

彰化的好、鹿港的美、燈會的熱鬧，永遠道不盡、寫不完，元宵佳節，讓我們用燦爛的笑容，走向陽光大縣、走向鹿港古鎮，去感受月圓人圓、燈月爭輝的人間繁華吧！

——原載於二〇一二年二月四日《中國時報》

# 悠悠情緣

# 早就一家親了

時光是一條長河，悠悠漫漫，淌流在一本本由厚變薄的日曆裡。長河的最前段，是清冽的水源。泉水湧出時，有著見底的清澈、幽遠的寧靜，是午夜夢迴時，最刻骨銘心的記憶。

那時呀！南臺灣的驕陽，把我曬得油亮亮、紅咚咚的，「黑肉雞」便成了我最痛恨的綽號。

黑肉雞的頭毛，被媽媽紮成兩根小辮子，辮子尾梢是一對飛來舞去的彩蝶。小手拿著冰棒，含著一大嘴的冰涼，七八歲的我，跟著鄰家大小姊姊去梅山國中的校園玩耍。

大小女孩嬉嬉鬧鬧、蹦蹦又跳跳，走了好一大段長路。到了專門修橋鋪路的「道班」宿舍門前，大姊兒一聲令下，一群小女生，全部閉起眼、向前衝——奮力地衝，不敢偷看一個個灰白頭顱的衰朽、不能接觸一雙雙眼眸的陰鬱、更不能回應一聲聲友善的呼喚，只因大人們恐嚇兼警告：「離那群『怪老子』遠一點！小心，吃掉妳們！」

王家隔了一道牆，便是葉家。葉家來自遙遙遠遠的對岸，葉媽媽蒸的白胖饅頭，是天下一等一的香甜。放學後，一群饞鬼連同她生的五個孩子，全蹲在灶下，淌了一地的口水。

鋁製的大蒸籠，蓋子一掀，熱騰騰的白煙往屋頂沖冒：「來！無牙平（我二哥，他蛀缺了門牙）、汽水維（我大哥，他曾一口氣喝了五瓶黑松汽水，喝到送急診）、大乖（李家不太愛說話的大兒子）、小壞（大乖一天到晚闖禍的弟弟）、黑肉雞……拿著，一人一個，吹一吹，別燙著嘴。」

可是，她家的炒菜鍋破底了，五金行的老闆要我媽媽做保，才敢賒一具給她。因為她家是外省人，被懷疑根沒植在臺灣，老闆怕他們會隨時捲鋪蓋、再落跑。

葉家隔壁的隔壁，是來自潮州的貨郎。貨郎五短身材，圓嘟嘟的娃娃臉，噗登噗登！旋搖著博浪鼓，穿街走巷賣雜貨去。

一大群野孩子，跟在他屁股後面，拍著手、打著節拍大喊：「潮州人～～尻撐紅紅～～生蟲～～」每句詞的尾音，都誇張地往上飄，飄成彆扭又好笑的潮州調。貨郎放下貨擔，一陣追打，孩子們兵分二路，一路跑給他追，另一路折回頭，挑他的貨擔，搖起博浪鼓，學他的猴模猴樣。

國小廢棄的老倉庫裡，長年住著一位說話沒人聽得懂的老校工。一屆又一屆的小學生，讓他心甘情願做了一輩子的牛馬。晚年，第一次穿起西裝、打起領帶，三大件、五小件地扛禮物回老家去。再回來時，卻只剩一身的病痛。

憨憨的阿桃，嫁給了老老的老吳。老吳真的好老，來自河南，足足大阿桃四十歲。白天，他煮瀝青、修馬路；半夜，他磨豆漿、做饅頭。老家寄來了一封信，說他的元配撫養大三個兒女，一輩子未再嫁。宗教解禁後，元配剃光白花花的頭髮，當尼姑去了。

大乖和小壞的爸爸是李老師。李家有一個纏小腳，從不出門的老奶奶。每次，小壞挨打時，我們從籬笆縫裡，就可偷偷瞧見她。她穿著一身藍布衣，髮白如雪，一手護小壞、一手搶藤條，弓型的小繡花鞋，急得團團轉。

後來，小壞告訴我，他的小腳奶奶，是爸爸媽媽在逃難船上撿來的。

現在呀！悠蕩蕩的時光長河，流走了好多年、也帶走了好多人。老校工失蹤了；潮州貨郎的大體捐贈給慈濟功德會了；阿桃家的兩個兒子，去大陸開塑膠工廠，賺了大錢；大乖、小壞跟李老師移民美國，三五年就回來掃一次老奶奶的墓。葉家搬去臺北時，葉媽媽和我媽抱頭痛哭，哭得兩家人也跟著心酸。原來，她們倆每天一起上街買菜，足足買了二十年。先父辭世時，葉叔叔帶三個兒子回來哭老友。葉叔叔走時，我代表兄姊們行跪拜大禮。

來了，只要有心就是臺灣人，不管是被生出來的，或是從軍、抓伕、逃難來的。沒有任何人、任何政權，可以為時代的戰亂、生命的起落及歲月的滄桑負全責。那些，更不是「戰士授田證」或「選舉支票」就能負責得起的！

沒有藍綠的對立、統獨的爭鬥，只有對抗命運，努力活下去的奮戰。在南臺灣，我小小的故鄉，人們走過疑懼和苦難，早就和解、共生，一家親了。

# 930千赫的人生與小說

「這是正聲廣播公司嘉義電臺，930千赫。」

最早聽到這幾句「臺呼」時，我還沒上小學。媽媽煮飯、洗衣、縫釦子、做代工時，耳朵總是固定在這個頻道上。而那臺收音機很古老，是一位退伍的老張伯伯從大陸帶過來臺灣，又留贈給我家的珍貴遺物。

我稍微長大了，大到可以去梅山的筍乾工廠當童工了。我和七十歲的阿惜姨婆，一邊工作一邊聽930千赫，於是，她獨居的歲月有了窩心的陪伴，我蒼白的童年也獵取到繽紛的色彩。

讀嘉義女中時，每天花兩個小時通學。930千赫中，文夏、洪一峰、鄧麗君、方瑞娥、鳳飛飛、甄妮、謝雷、青山……老中青三代、國臺語雙聲，隨著公車的方向盤，流轉於青山綠水之間，既安撫了躁動的青春，也舒緩了沉重的升學壓力。

後來，到大都會讀書、教書了。每次去重慶南路買書時，總愛望一望「正聲廣播公司」

的大招牌，想像全臺灣從北到南，每一所正聲的電臺，由錄音間、發射臺，到耳朵、心靈，有多少人努力說著、演著、唱著？有多少人聽著、想著、感動著！

再往後，我把故鄉的小人物寫進小說裡。贈送收音機的軍人伯伯，變成了〈老張們〉中的一位。我邊寫邊哭，耳朵裡全是他的聲音：「妞兒！我那壞壞的臭妞兒……別跑！當心跌跤。哎呦！這下可摔疼了！不哭、不哭！伯伯揉揉，揉一揉，我的乖妞兒就不疼了！」

現在，老姨婆已超過一百歲，比中華民國還要老了。在我的小說〈阿惜姨〉中，這位超過百歲的人瑞，照樣用寬厚、用悲憫、用慈愛、用疼惜來對待坎坷到極點的人生。而且，夜夜陪伴她入眠的，仍是正聲廣播公司的嘉義臺。

我愛小說，我會繼續努力的寫！因為，還有很多很多的故事必須要寫，不寫，日子會過不下去。而那些故事，那些讓我刻骨銘心的人、事、地、物，都直接或間接與正聲廣播電臺有深厚的關係。

向正聲公司南北各電臺致敬！

向奉獻青春的所有廣播人致謝！

因為你們的發聲，聽眾們有了更寬廣的視野、更深沉的感動。

——原載於二〇一二年七月二十四日《人間福報》，以及《正聲STORY》正聲廣播公司創臺63週年紀念專書

# 面壁的電視

很久以前的暑假，為了註冊費及生活費，我在嘉義某家小工廠當女工，一天常常做足十二小時，週六週日都還要上班，而且是沒有加班費的。

應女工們的要求，老闆在牆上裝了一臺電視。因為，週六的下午，鳳飛飛會出現在電視裡。節目的名稱我已忘了，好像是「飛向彩虹」或「一道彩虹」；或者是「我愛週末」、「你愛週末」之類的。

鳳飛飛一出現，大家手沒停，嘴巴卻跟著大聲唱，一曲接著一曲，唱得聲震屋瓦：〈流水年華〉、〈金盞花〉、〈我是一片雲〉、〈牛犁歌〉、〈阮若打開心內的窗〉、〈就是溜溜的她〉……週六的午後，變成我們這群女工最快樂、最享受的時候。

沒多久，老闆生氣了，狠狠地臭罵了我們一頓，罵人的詞彙——甚麼「靡靡之音」、「傷風敗俗」等等，竟然跟新聞局用的一模一樣。(如果我沒記錯，當時的新聞局局長，好像叫宋楚瑜。)

從此之後，「電視」就只能當「壁飾」了。

一到週六，姊妹們幾乎都請假了，請假的理由五花八門。但真正的原因，老闆比我們都清楚。

一兩週以後，電視裡再度響起鳳飛飛的歌聲。老闆妥協了，臺灣經濟正在起飛，他和我們一樣，都需要鳳飛飛。

但是，他是老闆，老闆比誰都大，不能完全屈服。何況，狠話都罵出口了，駟馬難追呀！

於是，他把電視螢幕轉了方向，讓鳳飛飛面壁去表演。女工們「看電視」變成了「聽電視」。

可是，自從可以「聽電視」之後，週六就再也沒人請假了。

——原載於二〇一一年十一月二十七日《人間福報》

# 我要阿公揹揹！

每年春節，初一到初五，兄弟姊妹們總會挑個時間，帶著老媽上山，探望獨居的老爸。老爸是梅山鄉的「公道伯」，興高采烈地奔忙一輩子。老了，累了，一個人住到二尖山的山頂去。那裡呀，雲山蒼茫，竹林常綠，又可向下眺望嘉南平原，所以，我們安心又放心，也就不太去打擾他。

過新年嘛！一大群人來了，就不給老爸清靜了。

小孫子王安民先點燃一根長壽牌香菸，恭恭敬敬地奉給老阿公：「阿公！對不起！當時阿嬤說，每抓到您偷吸菸一次，就賞我十塊錢，我才拼命當『抓扒子』，現在，阿嬤不敢管您了，您就暢暢快快吞雲吐霧吧！」

八歲的孫女王鳳儀，是標準的小搗蛋，她跳上又跳下，奔來又跑去，一刻也不安份。最後，竟大膽跳到老爸背上，大聲說：「阿公從來就沒抱過我，不公平！現在，我就要阿公揹揹！」

我也很想讓老爸再揹揹抱抱，但是，臉皮薄，從小說不出口；現在，當然也不好意思跟小女生搶呀！

不過，我還是忍不住偷偷問老爸：「您喜歡我寫的小說《美人尖》、《駝背漢與花姑娘》嗎？您有去看我的小說所改編的舞臺戲嗎？有一半是為了您呀！」

老爸！時候不早，我們該下山了！

清明節再來看您！再見！

# 愛嬌的鰣魚

鰣魚是長江三鮮之首，曾與黃河鯉魚、太湖銀魚、松江鱸魚，並稱中國歷史上的「四大名魚」。

東漢名士嚴光（字子陵），因捨不下鰣魚的美味，而拒絕了光武帝高官厚祿的徵召，這一來，更使得鰣魚名滿天下。「嚴子陵釣魚臺」古蹟尚在，至今仍是富春江上的第一名勝。可見鰣魚的美味，促成了名士的高風亮節，更賜給後世人們觀光美談呀！

鰣魚最為嬌嫩，漁夫一旦觸及鱗片，魚就立即休克不動。一離水、見風見光，鰣魚旋即死亡。所以，蘇東坡對其無限疼憐，特別取名為「惜鱗魚」，並作詩贊曰：

芽薑紫醋炙鰣魚，雪碗擎來二尺餘。尚有桃花春氣在，此中風味勝蓴鱸。

「尚有桃花春氣在」一句，正是瓊玲品嘗鰣魚時，感動到肺腑裡去的心聲。

張愛玲大歎人生有三恨：「一恨海棠無香、二恨鰣魚多刺、三恨《紅樓夢》未完。」海棠花為何沒有香味？請您去問造物主吧！瓊玲與愛玲雖然都是「花癡」——「愛花成癡」，但也沒辦法回答您。

至於《紅樓夢》沒寫完，還未滿四十歲的曹雪芹就撒手人寰，這件事嘛！唉！瓊玲與愛玲一樣，不只問遍閻羅與上帝，還氣得捶胸頓足、恨到咬牙切齒……

不過，第二恨呀！那就是小事一樁了，瓊玲實在想不透，身為一代小說宗師的張愛玲，為何要有恨哪？

「鰣魚多刺」，不正是人間美味曲折又優雅的呈現嗎？

倘若吃鰣魚時，沒細細吸吮嫩鱗、沒幽幽挑出細刺、又沒閉起眼睛、耳朵，再用所有的味蕾去品味、去感恩，那才是鰣魚奉獻生命又遇人不淑的千古大恨呢！

《水滸傳》中，一百零八條好漢，個個有特色、人人有絕技，但是，瓊玲從來只愛與他們「大秤分銀兩」；才不要跟他們「大碗喝酒、大塊吃肉」哩！

要是美麗又多情的鰣魚，落入梁山泊，端上強盜桌……

喔！天呀！你不如殺掉我吧！

# 霞落烏飛

林沈默，一點都不沉默，他一直是最多事的人。

大學時代，筆名「白烏鴉」的林沈默和路寒袖、楚放等，振臂大喝一聲，各路英雄好漢就歃墨為盟，在外雙溪山後，有點梁山泊味道的「頹廢城堡」，成立了漢廣詩社。當時，人人自誇替文行道；個個要將項上人頭，賣予那識貨者。年少激情，真個是銳不可當，加上長輩們對這群毛頭小子，又是舐犢情深，我們就更覺得斯文在茲、舍我其誰了。

於是，國寶臺靜農先生的「歇腳庵」書房內，我們也敢去磨蹭著，求得老人家為詩刊題字；曾永義、黃啟方、黃登山、吳哲夫幾位教授，也被我們徹夜糾纏，關掉燈、點起蠟燭來暢論詩文。酒酣耳熱之際，曾老師一時興起，高唱霸王別姬，眾人擊筷拍掌相和。而和得摧肝斷腸、淚流滿面的一定是他——林沈默。

林沈默，一點都不沉默，他一直是最多情的人。

我嚴重肺病住院，他穿著鐵鞋、拄著手杖，千里迢迢的來淡水馬偕醫院。鐵腿不能打彎，他不小心，直挺挺的在病床前摔了一個硬殭屍，齜牙咧嘴的站起來後，依舊笑聲朗朗地自我解嘲，讓原本萬念俱灰的我，重新燃起迎戰病魔的勇氣。

二十多年前，外雙溪水難發生的當日，上游的頹廢城堡內，有人哭泣十五條人命的猝逝，有人咒罵水壩管理員的失職，而他——林沈默，早已拐著一瘸一瘸的跛腿，沿著溪流投入搜救的行列。最後一名失蹤死者，十七歲芳華的景美高三女生被尋獲時，他也努力了二十二小時了。

林沈默，一點都不沉默，他一直是最多變的人。

當上自遠古的國風民謠、下至恆春的〈思想起〉遊唱，都逐漸在人們的喉嚨裡瘖啞變調；當張愛玲海棠葉的滄桑、黃春明蕃薯藤的記憶，都慢慢在人們腦海裡枯乾凋零。近畿小子、羅比威廉斯正搖臀飆舞在寶島炫爛的舞臺，A片展、鋼管秀也堂堂皇皇地入侵大學殿堂。這時，許多知識份子選擇了搖頭、喟歎，甚至閉上雙眼，來表達內心的不安及痛惜。而他，詭詐的林沈默，卻趕起飛快的腳步，追上並且對抗時代狂潮。他結合了縣鄉政府的力量，採收、編寫「地方唸謠——臺灣囡仔詩」；又善用傳播媒體，出版了一系列的光碟，進行無遠弗屆的教唱。臺中縣小學教室中，每每傳出清亮的童音，迴盪著「東勢鎮」的歌謠：

泉州人，坐海口，開店鋪。彰州人，落平陽，收佃租。客家人，走山尾，曝菜脯。東勢角，番仔埔。清朝時，大變故。中臺灣，天烏烏。閩客鬥，死無辜。客家族，走無路。大甲河，硬墾渡。開客庄，掘田股。挖銃櫃，來保護。番地頭，立厝戶。東勢角，客鄉土，早當時，做草笠，崁寶島。現此時，出水果：高接梨、烏葡萄。小潑猴，呷一好，唱山歌。

它可以用國語、閩南語、客語，甚至山東腔、汕頭調來唸唱，都是既協韻又順口。而詩歌所記錄的，那裡只是東勢客家庄的演化軌跡！更是數百年來先民蓽路藍褸的辛酸血淚。一路走來，林沈默變幻莫測，但也始終不變。他和魯迅一樣，堅持從孩子們救起。

林沈默，一點都不沉默，他一直是最多嘴的人。

好久以前，貧窮的他，在師大附近租了一間不到兩坪的宿舍，取名為「蝸居」。蝸殼內常常來一群「寄生蟹」。房間太小擺不下椅子，但是，往往床上抱枕靠牆舒舒服服坐了兩個；矮桌上挺腰盤腳打坐似地擺著一個；床下地板鋪上報紙，又馬馬虎虎地窩著兩三個。他泡十五元一大包的劣質茶葉招待大伙，號稱「牛尿酒」。可是沒有人會去注意茶水香不香，原因是他太愛說故事，而且唱作俱佳、活生活現。

於是，小得不能再小的蝸居，變成大得不能再大的舞臺。他在小說中努力揑呀塑的，只需再加一把勁，吹一口氣，就能完全成型的鄉土小人物，都迫不及待地幻身顯像，從稿紙跳了出來，先在大伙面前演一演他們的愛恨情仇：

講到一身衣著破爛的阿狗，擺脫了妹妹的糾纏，搶身上了屋頂，撿起富家女孩因為嫌酸而抛上去的鳳梨時，林沈默捧了手、埋著頭，大口大口的咬啃，一邊齜嘴砸舌，一邊又猛吸口水，彷彿真的酸進了牙根。但阿狗那句「如果，全世界的鳳梨都是酸的，那該多好呀！」讓原本狂笑的聽眾全部猛然煞住，一張張臉僵著，找不到可哭、可笑或任何合適的表情。

小說中，六嬸婆女兒「瘋霞」懷孕的消息，早在蝸居就先公佈了。林沈默搖頭晃腦唸出「色狼饑餓不擇食，藍田種玉硬消魂。瘋女肚裡留爛帳，誰家播種搞不清。」的報紙標題，大伙恨得咬牙切齒。而財迷心竅的大家樂賭徒，如見了血的蒼蠅，密匝匝、亂嗡嗡地圍住被車撞得稀爛的母狗，爭論要簽「九四」或「四九」的明牌，聽眾忍不住皺緊眉頭。而那個時候呀！說書人林沈默眼底飄浮的，卻是深沉又蒼涼的悲哀。

故事沒有褪色，好久好久以後，見了面，我們還是會問林沈默：「阿狗種的番石榴開花了沒？他掉進糞坑以後又怎麼樣了？」「讓瘋霞懷孕的傢伙抓到了沒？那一期大家樂『九四』、『四九』牌是不是全部槓龜？」

他那麼忙，為了工作，臺中、臺北兩頭跑不打緊；還要下鄉去採輯民歌、撰寫童謠；社區大學、文學社團也常要他上課或演講。所以問歸問，誰忍心催他？

但是，他真的出版小說集了！《霞落大地》——捧在手掌心，熱呼呼的，不僅阿狗、瘋霞全部活在裡面；〈衣櫃裡的鴨子〉正扯直喉嚨嘎嘎叫著，譜出孤兒寡母希望的樂章；〈豬灶往事〉兩兄弟發瘋的悲劇，與其說是降自古老的天譴，不如說是血腥屠殺後的良心苛責；向〈鋤頭〉篇偷田水的老農丟擲小石頭的是誰？難道真的是埋在田隴，捍衛自家產業的鬼魂？〈葛樂之死〉會不會讓讀者毛骨悚然？因為儘管禮教再怎麼提倡、法令再怎麼森嚴，人性中的貪婪，卻真的是不死不休的呀！

好在林沈默一點都不沉默，多事、多情、多變又多嘴的他，用小說記錄了臺灣的赤貧歲月，深情款款地撫慰著勤苦的大地子民；同樣的，他也操著恨鐵不成鋼的心，對經濟進步後，暴發貪、嗔、癡的臺灣農村，進行深層的反省與嚴厲的批判。

林沈默左手寫詩、右手寫小說，左、右手相競爭的結果，誰也沒輸誰。「白烏鴉」是他從小的綽號，也是他很早就出版的第一本詩集；現在《霞落大地》問世了，我親眼看到一隻衝破世間風雨的烏鴉，拍動著亮麗的白色翅膀，高高地飛翔在臺灣佈滿紅霞的天際。

# 不管怎樣，寫下去就對了

數年前，世新大學中文系剛剛創立，我是首屆的系主任。「黃埔一軍」的孩子們，帶給我無窮無盡的快樂；學術研究與活動，也啟動我不少的希望與能量。但是，看似充滿陽光的日子裡，煩瑣的系務、爾虞我詐的人事，卻磨掉我許多生命的熱忱、浪漫的美夢。

我感覺到生命中某些重要的東西，正一點一滴地流逝，先是淌滴成小渠，後再匯集成大河，以靜默又無奈的姿態，滔滔向東流去，且是無情、嚴肅的固執——永不回頭。

我嚇住了，卻不能放下眼前該做的一切，回過頭去攔阻、去追尋；而且，形勢比人強，我沒有太多的奧援，能做的，竟然只有煎熬地承受、快速地枯萎……

後來，名作家黃春明老師，應中文系的邀請蒞校演講。偌大的禮堂，聽眾坐得滿坑滿谷，連走道、階梯都擠滿了。

這位耕耘文壇的長者，把最生動的小說、最深刻的幸福、最悲涼的滄桑，都一一教出來、演出來。我在臺下，只能一遍又一遍拭去眼角泛流的淚水，體會那止都止不住的感動。

演講完後，送黃老師回士林。一路上，我雀躍非常，因為，枯澀的心靈，吮吸到睽違多時的甘霖；豐沛的滋潤，讓我情不自禁地把家鄉「梅仔坑」的故事，嘩啦啦一股腦傾倒出來，也不管大師是不是疲累？是不是沒時間？

沒想到溫文儒雅的大作家，竟然沒拒絕、也沒不耐煩，還提議一起去「福樂餐廳」吃便餐。

這下子，興奮又多嘴的我，又說得沒完沒了了。

席中，他切一半豬排分給我；灰白鬈曲的頭髮汗溼著，靜靜地貼伏在額前，面對眼前超級「粉絲」的聒噪，滿滿是寬容與鼓勵。

而我坐在從小到大最景仰的大師面前，卻完全不記得要矜持、要收斂，不只吃光了餐盤上的一切，也掏盡了故鄉的愛恨情仇……

從下午五點到晚上九點，長者用盎然的興致，讓我肆無忌憚地說下去；爽朗的笑聲、點睛的妙語，更讓我如癡又如醉。中間，他偶爾支頤沉思，內斂的眼神，涵泳著對惶惶人世的悲憫，那種宗教家的神情，引發我內心一陣陣的悸動。

他搶著買單，笑著說：「聽了這麼多精彩的故事，還要謝謝妳呢！」

最後，送他到巷子前，我下車，他握我的手道別，厚實的手心，傳來殷切的期許：「聽妳說話，我有直覺：妳愛寫小說，也絕對可以寫小說。寫出來吧！把他們一個個寫出來，不管怎樣，寫下去就對了！」

我有被五雷轟頂的震撼，一時竟答不出話來。

他笑一笑，揮揮手，開車向前……突然，又倒車向後，放下車窗，一字一句地說：「一定要寫！不寫，就對不起妳的家鄉了！」

於是，我真的在煩擾的行政、沉重的論文中，偷偷抽出身子，胡亂搶得一點時間，寫起中篇小說〈美人尖〉來了。

寫完後，沒有好好修改、潤飾，就急著獻「寶」，郵寄給黃老師。他大概覺得，年輕人需要鼓勵，不能苛責，免得澆熄了才點燃的信心與興趣。所以，他從宜蘭打了一個多小時的長途電話，催促著蹣跚學步的文壇小兒，努力邁向前。

我也打算卯起來拼命了，就算失敗，也可找回生命的動力與重心。

但是，事與願違，往後的幾年，我的人生，面對著一陣陣驚濤駭浪：有至親的逝去、有朋友的遠離、有理想的沉淪、有轉換跑道的茫然、有南奔北跑的倥傯……敏感脆弱的我，陷溺在當下的不堪，既剪不斷、理也更亂。

為了自救，我只好又轉向栽進學術，在冷硬的舊文獻中，麻痺自己的痛苦；在古人的喜怒哀樂中，釋放自己的愛恨情仇。

那段日子裡，我自身難保，想用熱情的心、拿冷靜的筆，去描摩世態、刻畫人情，簡直是天方夜譚！

捱過了外界的風浪，也渡過心海的低潮，我慢慢划槳歸帆，尋找可以依傍的港灣……

就在中正大學美麗的校園，黃老師又出現了。這一回，他才剛剛經歷了生命中最痛楚、最殘酷的試煉，卻仍然用著一貫的深情與激情，講著、演著童話〈小駝背〉、〈小李子不是大騙子〉的創作與表演，臺下響遍一陣又一陣的讚嘆與掌聲。

落幕之後，喝采依然包圍著他，已三四年躲著，不敢見他的我，擠過人群，走到講臺，羞愧地垂下頭，低低喚了一聲：「黃老師，還記得我嗎？」

「哦！記得！記得！妳的小說〈美人尖〉寫得很好，發表了沒？有沒有繼續寫？」

「我……我……」

「要寫！不管怎樣，寫下去就對了！」

他雖被眾人簇擁著離去，卻還兩度回頭，對著我揮手與微笑。

面對這位生命的勇者、文壇的長者，我怎敢不好好地寫？

於是，我告訴自己，孤帆可以靠岸了，就靠在小說的深港大灣，那兒找得到我安身立命的資源與力量。

再寄〈老張們〉請黃老師斧正時，他更是不吝於讚賞和鼓勵。文壇學步的小兒，真的高興到想奔跑、想飛翔了。

暑假期間，再把多年前的〈美人尖〉初稿拿出來看，生澀的文筆，讓自己先紅了臉；再追想當時黃老師的「讚賞」，那可真是「用心良苦」呀！

這幾天，靜下身心，重回梅仔坑的古往與今來、繁華與悲涼，好好地將〈美人尖〉從頭到尾修改一遍，不只進行了字辭的潤飾，還有不少情節的增添與修改。

期望的是：重改過後的〈美人尖〉，能夠婷婷玉立、血肉豐盈，不再粗枝大葉或蒼白瘦弱了。

而更深切的希望，則是：這篇受恩於黃老師的小說，不要再辜負他一路鼓舞的苦心。

「要寫！不管怎樣，寫下去就對了。」也將永遠迴盪在我艱辛的創作路，讓我有勇氣繼續走下去……

後記：本文寫於二〇〇九年一月，《美人尖》小說集出版前。二〇一一年臺灣豫劇團改編〈美人尖〉為年度大戲，由王海玲擔綱女主角，半年內巡演臺灣及大陸十二場。

# 許他們一個創作的夢

我在世新大學任教多年，一向不否認對世新有極深厚的感情。因為從專科學校升至傳播學院、再晉升到綜合大學，一路走來，我親眼目睹當時成嘉玲校長剛強的魄力與辦學的赤誠，也感染全校上上下下的朝氣與努力。當時一步一腳印，創業何等艱辛！而今桃李齊芳、蔚然成林，實在是心存感佩且與有榮焉！

世新大學以新聞教育起家，極注重學生中外語文能力的訓練。中文系創立之前，國語文教學隸屬於通識教育中心。引導學生探索浩瀚的文學，本是我們國文老師的天職；而舉辦全校學生藝文創作比賽活動，「許學生一個創作的夢」，卻是我執教鞭以來就念茲在茲的理想。

此理想的進一步規畫與具體地實現，還有段小小插曲：

某天，有個大男孩上課遲到了，卻一臉撒嬌兼耍賴的對我說：「老師，進校門口之前，我忙著閱讀一篇篇真實的人生風景，其中有不少好詩、好散文、更有許多精彩的小說與戲劇，因為太好看了，不自覺地就放慢了腳步，所以才會遲到一下下。才一下下而已，您就別處罰我嘛！」

看著他一臉「哄死人不償命」的模樣，再聽聽這令人匪夷所思的藉口，真是啼笑皆非！但是，從那一天開始，我上下課的心情卻起了莫大的變化。放慢腳步之後，果然看到了悲喜參雜、色色俱在的一幕幕人生風景：

走出景美捷運站之後，穿過熙來攘往的傳統菜市場，食、衣、住、行、育、樂所需的大件小物，一應俱全地擺在地上、攤架上。此時，叫賣聲、吆喝聲、殺價聲，此起彼落；小吃店的爐灶熱火轟轟，湯滾沸沸，小小市井的老百姓們，就是這樣大剌剌、活潑潑，理壯氣足的生活著。

彎過小小巷弄，臺灣民主政治的「唐吉訶德」——方景鈞先生就住在那兒。除了總統大選之外，不管任何大大小小的選舉，他無役不與。門口一輛發不動的破車，是唯一的競選工具，高高掛著「一千零一張」的競選大海報，不只訴求反黑金、反汙染、反暴力，甚至還教導老年人冬天保健之道。從海報上嫉惡如仇的語氣、工整勁秀的毛筆字，還依稀可看見當年方老先生在中學傳道授業的影子。

「承澤養護所」，相傳是某位知名藝人開的。就在他力爭上游，由小演員變成好演員，再變為名導演時，他魁梧的父親卻突然倒下，成為癱瘓在床、只能眨動眼皮示意的「漸凍人」。這時，再怎麼哭喊諸神也沒用了，於是他擦乾眼淚，愛屋及烏地創辦這間養護所，照顧同樣哀哀無告的上帝子民，以便將人生最大的缺憾還諸於天地。不管這傳聞是否正確，走過養護所門口時，總有一份悲憫與感動。

進校門了，人工隧道鑿通了翠谷的山壁；時光隧道則接續了世新的歷史，其中有胼手胝足的創校元老，有意氣風發的年輕教師，也有散入各行各業的歷屆校友。記憶難免有些泛黃，但是在不經意之間，這些人就會閃入腦門，一一重演當年的聲情笑貌。就像王曉波、李筱峰兩位教授，路過我的研究室，卻不小心踏了進來，強烈地辯論起臺灣的統、獨大問題，兩人爭得劍拔弩張、風雲變色之後，卻又偃旗息鼓，和趙慶河、陳墀吉老師連袂去福利社吃自助餐了。

再次遇到那個遲到的大男孩，我內心喜孜孜，卻刻意板著一張臉，正經八百地告戒他：「校門口內內外外，確實有很多好詩、好散文、引人入勝的小說、戲劇。但是，若不好好地創作出來，還是要嚴厲處罰你。」

「太好了！謝謝老師，我一定會好好地寫，一言為定。」

讓他寫，何不讓全校有詩有夢的孩子們都來寫呢？

民國八十八年，中文系創立了，我向成嘉玲校長報告設立「舍我文學獎」的基本構想，她聽後頷首，微笑著說：「我們學校的創辦人成舍我先生，可是北京大學中文系出身的，既然以他的名字作為活動號召，可千萬別辜負他呦！」

就這樣，我想許給學生創作的夢越來越具體了，但責任也越來越沉重了。所幸學務處課外活動組的林恒志主任及謝佳錩先生，也同樣有著鼓勵學生創作的理想。於是，中文系與課外組聯合動了起來，名作家廖玉蕙老師，更善用其在藝文界豐沛的資源鼎力相助，再加上李立行祕書的任勞任怨，第一屆「舍我文學獎」就風風光光地開辦了。

萬事起頭難，但是終究被我們一一克服了。決賽當日，九位文壇名作家兼評審委員，同時蒞校決審作品並指導寫作，也確確實實鼓舞了筆耕墨耘的小小園丁們。

「舍我文學獎」至今已連續舉辦十多年了，聲勢一年比一年浩大，好幾位得獎人的作品得到評審委員的青睞，推介轉載於《聯合》、《自由》、《中時》等各大報；新文藝的創作與研究在本校也蔚成風氣。而本系申請的「提升國語文基礎教育計畫——古典與現代、傳統與本土的融合」也經審核通過，得到教育部補助款及學校配合款將近二千萬元，其中部份經費用以充實、擴大「舍我文學獎」的活動，以及聘請駐校作家，白先勇、蔣勳、施叔青、雷驤等，先後帶領學子們掀起一波波壯闊的寫作風潮。

年年三月的小陽春，言論廣場前，高高豎起「舍我文學獎開鑼了」的大紅布海報，走在校園裡，不只處處花紅鳥親，還洋溢著文澤墨香。

相信在世新全體師生們深耕易耨、永續經營之下，此塊藝文創作園地必將花團錦簇、碩果纍纍，如此才能不辜負成嘉玲校長的託付；而大家的努力，希望也能讓北大中文系出身，一生奉獻新聞與教育的創辦人舍我先生，在天上也對著我們頷首微笑。

# 舉頭已覺千山綠

前言：十多年前，我如初生之犢，以最勇猛的衝勁，開創了世新中文系。第一屆的孩子們，與我朝夕相處，同甘共苦，更令人刻骨銘心。後來，他們畢業了，我也南下到中正大學任教，可是，至今他們仍年年為我慶生，我也次次參加他們的婚禮或聚會。每次一見面，必定大聲驚叫，彼此捶打，師生瘋成一團。此文寫於他們畢業前夕，我南下任教之前，茲收錄於此，留作永久的紀念。

是到了臨別的時候了，敲不碎、剪不斷的是甚麼？是眷戀、還是牽掛？

不敢回首，一回首，有太多美好的記憶——關關雎鳩、蒹葭蒼蒼的歌聲中，你們陪我搖渡到東吳大學的外婆橋。細雨霏霏的校運，傷兵累累的我們，熱淚滿眶的擁抱了精神總錦標。景美溪畔的壘球賽輸得夠徹底，回程時，圓滾滾的「豆豆王子」，卻還用機車把我載上高速道路。逆向從交流道下來時，豈是「此身雖在堪驚」而已！中正紀念堂的驕陽，潑刺刺的曬痛了大伙；一是一、二是二的無情訓練，讓幾位嬌娃潸然落淚。但是你們相信嗎？到現在我還記得，記得此生中第一次，也是最後一次的啦啦隊舞步……

怎麼可能忘得了？迎新會上，你們純稚的臉龐，閃耀著清亮的眼眸。眼眸裡有信任、也有期待。那樣的託付與依賴，像長夜的星光，終夜繞著我徜徉。因此，失眠絕非只為了撰寫國科會、教育部的大型整合計畫；更不是課程設計、禮聘師資等大事而已！你們風風雨雨的小爭執、起起落落的小情緒，照樣讓我日夕縈懷，放心不下！

不敢說對你們有滴水之恩；但是你們確實對我湧泉相報！我外甥病危，急需A型血液，不必我懇求，你們早已捲起衣袖。聽到噩耗後，從世新到醫院，那段最悲慟路程，是那個平常看似冷漠的壯漢陪我走過，他飛車相送，既平穩又快捷；但卻因不知如何勸慰我而涕淚滂沱！

九二一大地震後的清晨，我接到你們二、三十通問候電話。焦慮地詢問後，緊接著是繪聲繪影的驚嚇描述。天災地變，儘管無情，我們卻沉浸在相濡以沫的溫暖情誼中。小至每次感冒咳嗽，總有一個蘋果臉的女孩氣呼呼的開罵：「妳再不聽話，再不多穿衣服，我就不理妳了！」何況，心力交瘁時，還有一位理平頭的男孩前來，用南臺灣土味十足的腔調，演說起無數精彩的奇風異俗、山妖水怪。濃濃的鄉情，安撫了我久在城市中飄泊的靈魂。

先行離開的同學，總教我萬分牽掛。編啦啦隊舞的小美女，換了新的校、系，應該更可以展現她的才藝吧！路過羅斯福路可利亞火鍋店前，總慢下腳步徘徊張望，但願那個長髮酷酷的男孩安然無恙。或許他熱愛的日文，可以安慰他失學後的寂寞，又可給他東山再起的動力。而為我們試穿舞衣，煮冬至湯圓的男孩如今何在？軍旅生活適應得好嗎？好漢不怕運來磨，選一條走得穩又走得好的路，用心的堅持下去吧！散文、小說都屢有佳作的才女，雖然暫別翠谷校園，但可千萬別讓創作的園圃荒蕪了，期待有那麼一天，能捧讀她的力作，感受從遠地傳來的心靈悸動。

而永別了的不幸女孩，為了不能到雲林，向她作最後的凝望與道別，我一路從臺北落淚至北京。缺憾、痛苦能還諸天地嗎？烈燄中飛逝的青春，是否會四無傍依？前日，為拔河比賽聲嘶力竭加油之際，腦海裡突然映現出三年前，嬌小的她，穿著無袖的短衣，奮不顧身的拔河，雪白的臂膀被粗繩磨出淋漓鮮血的鏡頭。此刻勝利了，歡呼過後，我卻揪緊了心臟，無語可問蒼天。

投考研究所的孩子們，四五月時幾場的淬鍊，是你們驗證努力成果的時候。通過考驗的，趕快充實自己，迎接漫長且艱苦的學術之路。收穫未如預期的，別氣餒，只要深耕勤耘，總有歡呼收割的一天。

再次聽到愛穿紅色運動褲的「騷包」小將，及長腿甜姐兒將奔馳運動場；再次親睹幾位大漢以「大四之尊」下場拔河。我是無比的感動。四年中，我們是全校最小的系，卻也是全校最勇敢、最團結的系。只要有你們在，校運當天，我還是會從第一分鐘，加油到最後一秒。讓我們再一次高擎中文系的大纛，奔馳在操場。有準備水球、煙火吧？讓我和你們徹徹底底地再瘋一回。

別離！對你們而言，是學業的完成，與前程的開創；對我而言，是依依的不捨，與殷殷的期盼。匆匆四年，我們有得有失、有笑有淚。未來漫漫歲月，讓我們努力奮鬥，以求超越自我，用更寬大的心胸，去洗滌、包容人世的罪孽；用更勤奮的雙手，去安撫、平息世間的創痛。

歲月悠悠又匆匆，聚散無常亦有常。孩子們！當你們安身立命、推己及人時，將是我「舉頭已覺千山綠」的欣慰時候。期待那天早些到來……。

## 世紀文庫

【文學 012】

### 客路相逢

黃光男 著

里爾克 (Rainer Maria Rilke)：「旅行只有一種，即是走入你自己的內在之旅。」本書作者具有畫家和作家兩種身分，他以畫家的心靈寫出他的旅遊見聞和感懷，因此，書裡所呈現的彷彿是一幅幅以沾著詩意的文字所繪成的畫作；是視覺和心靈的遊記。你渴望不一樣的旅行嗎？翻開本書，開始踏上旅程吧。

【文學 013】

### 文字結巢

陳義芝 著

本書作者為文學藝術的創作者，又是此一領域的觀察者、研究者，二十年來持續追蹤文學的世代變遷。內容以時間為經，作者的文學觀照為緯，企圖交織出一顆醞釀、延續文學生命的巢。書中深入淺出地剖析詩、散文、小說的藝術內涵；嚴謹溫厚地評述當代作家生態、文學環境與傳播樣式。

【文學 014】

### 京都一年（修訂二版）

林文月 著

「三十年歷久彌新，京都書寫的經典。」本書收錄了作者 1970 年遊學日本京都十月間所創作的散文作品，自出版即成為國人深入認識京都不可錯過的選擇，迄今仍傳唱不歇。今新版經作者校訂，並增加多幅新照。書中各篇雖早已寫就，於今讀來，那些異國情調所帶來的感動，愈見深沉。

【文學 015】

### 泰山唱月

古　華 著

以《芙蓉鎮》揚名於文壇的古華，不僅寫出讓沈從文稱讚的小說；他的散文，更是其真情至性的流露。全書以懷人憶舊為其主軸，敘述的時間從災難伊始的童年、屢遭生死磨難的青春歲月，到步入充實而憂患的中年，最後飄落異鄉，靜心寫作。其抒情與敘事並重，情感醇厚，頗耐人尋味。

【文學 017】

## 無人的遊樂園　　黃雅歆 著

本書所收錄的篇章，雖然大部分與旅地、旅途相關，但這並非一本以旅行為主題的書。其中許多和記憶、地域、人事瞬間錯身，所引發的種種火花，在心中留下無可取代的印記，正是歡樂與沉默交錯的、無人的遊樂園。

【文學 018】

## 台灣平安　　洪素麗 著

書中的時間與地域是寬廣的。從大霸尖山的霧林帶到北美的溫帶雨林。從西班牙的陽光海岸到熱帶摩鹿加群島。從孟買的雨季到港都哈瑪星的烏魚季。洪素麗以她充沛的文學與藝術的才情，文圖並茂地標示她的文學藝術文化的無國界觀。

【文學 019】

## 尋找長安——文化遊記　　張 錯 著

作者從長安出發，踏遍大江南北的名城古都、殷墟墓室、石窟雕繪，展開一系列古典雅致的找尋。文中透過實景實物的描述，不但延伸了閱讀的空間感，更使沉默無語的古蹟器物，流露出比人間言語更純真樸實的精神內涵。

【文學 027】

## 遊與藝——東西南北總天涯　　童元方 著

本書收錄童元方女士二〇〇五年至二〇一〇年間的散文創作，集結作者在世界各地的旅遊、生活見聞，以及對文學、繪畫、音樂和戲劇等藝術的獨到見解。透過遊覽與書寫，突破時間與空間的限制，自由流轉於過去與現在。藝術對作者而言不純然只是看與知，更是對自身的觀照與省思。

【文學032】

## 金陵十三釵　　嚴歌苓 著

一九三七年日軍侵占中國首都南京，隨處可見殘虐的淫殺虜掠，儼然人間地獄。本書敘述一群女學生和十三名有著風塵味的特殊女子，藏身於威爾遜教堂的故事。這兩群身分有如雲泥的女性會如何相處？在戰亂的年代，單純潔淨的女學生們能否逃得開血腥的磨難？十三名卑賤的女子又要如何生存？

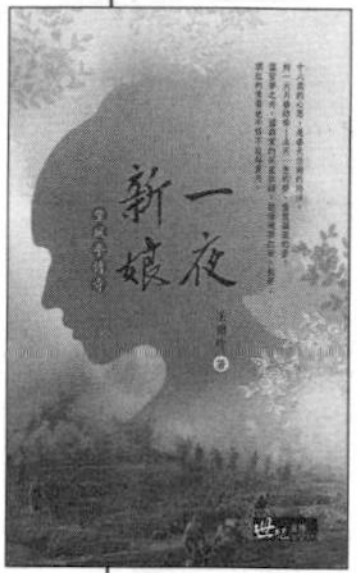


【文學033】

## 一夜新娘——望風亭傳奇　　王瓊玲 著

以望風亭為中心點的汗路上，農女與年輕教師的淡淡情愫正逐漸萌芽；老伯公與日本巡學述說著生命裡的曲折離奇；梅仔坑的眾子弟們在異國權勢底下奮力生存……囚困於無情時代的人們，各自拖曳著生離死別的重量；戰火之後，依然是無盡想望的家園，與未曾止息的青春之歌。

國家圖書館出版品預行編目資料

人間小小說／王瓊玲著.－－初版二刷.－－臺北市:
三民, 2014
面; 公分.－－(世紀文庫:文學034)

ISBN 978-957-14-5876-2 (平裝)

855 102026011

© 人間小小說

著作人 王瓊玲
發行人 劉振強
發行所 三民書局股份有限公司
地址 臺北市復興北路386號
電話 (02)25006600
郵撥帳號 0009998-5
門市部 (復北店) 臺北市復興北路386號
(重南店) 臺北市重慶南路一段61號

出版日期 初版一刷 2014年1月
初版二刷 2014年11月
編號 S 811640
行政院新聞局登記證局版臺業字第〇二〇〇號

ISBN 978-957-14-5876-2 (平裝)

http://www.sanmin.com.tw 三民網路書店


本書版稅全數捐贈梅山文教基金會，作者並捐贈同額款項予嘉義縣敏道家園（教養院）